I0748221

ДУБОВЫЕ ЯБЛОЧКІ

апавяданні

Вольга Касцюк

Volha Kaściuk
Dubovyje jabłočki: apaviadańni

Skaryna Press
London
2025

Адказны рэдактар Ігар Іваноў
Літаратурная рэдактарка Надзея Амельчанка
Мастак Сяргей Шабохін

ISBN 978-1-915601-72-8 (мяккая вокладка)
ISBN 978-1-915601-73-5 (электронная кніга)

© Вольга Касцюк, 2025
© Skaryna Press, 2025

Ад аўтаркі

„Дубовые яблочкі“ пачыналіся з пратэстаў у 2020 годзе. На той час я ўжо восем год жыла ў Новай Зеландыі (Аатэароа) і не магла выходзіць на беларускія вуліцы, таму вырашыла пратэставаць сваімі апавяданнямі. Так нарадзіліся многія тэксты гэтага зборніка. Пасля ўварвання Расіі ва Украіну ў ім з'явіліся апавяданні пра вайну. Тады ж мяне пачало разрываць знутры, і мой лепшы сябра Б нагадаў мне, што мая бабуля, да якой я кожны дзень на ровары ездзіла па малако, была беларускамоўнай і што разам з гэтым малаком я ўсмактала беларускую мову. У той час я вельмі скептычна аднеслася да гэтага напаміну, але пасля амаль трыццаці год вырашыла пачаць пісаць па-беларуску. Так у „Дубовых яблочок“ з'явіўся другі раздзел — „Мова“.

Назва першага раздзела, „Язык.“, заканчваецца кропкай, а ў другім, „Мова“, яе няма. Гэта таму, што з языком я скончыла свае адносіны, а вось з мовай мае стасункі толькі пачынаюцца.

чэрвень 2025

Прысвячаю сваёй бабулі Савіцкай Надзеі Рыгораўне,
якая заўсёды пытала ў мяне:
„Ну колі вжэ ты напішош этую кнігу?“

Раздзел I

Язык.

Папа

В детском саду она всё ещё называла меня папой. Так и говорила: «Сегодня меня папа придёт забирать!» или «В воскресенье к нам папа обедать приезжал!» Таня ей много раз объясняла, что я её дядя, но она стояла на своём. С детства была упрямой. А в свой пятый день рождения, перед тем как задуть свечи на торте, сказала мне:

— Я теперь большая и мне не нужен папа, поэтому теперь ты будешь дядей Мишей!

И с тех пор даже не оговорилась ни разу.

Это я забирал её с Окрестина. Таня осталась дома, потому что я не знал, как долго придётся ждать. Припарковался на соседней улице, чтобы не светить машину. Первую группу выпустили в три часа ночи. Открылись ворота — и я заметил Янку. У меня на голове была бейсболка и капюшон от толстовки, и я подумал, что она может меня не узнать, поэтому подошёл поближе и крикнул: «Я-а-а-на!» Она стала смотреть по сторонам — там в ту ночь было много людей. Не очень много, конечно, но достаточно, чтобы запутаться. Я стал махать руками, надеясь, что не привлекаю особого внимания.

Слава богу, Янка меня быстро заметила. У неё лоб был помечен жёлтой краской, а кофта была надета шиворот-навыворот. И ещё от неё пахло. Потом, немытым телом, мочой. Янка плакала, а я гладил её по спине и повторял: «Всё хорошо, малыш, всё хорошо!» Говорил, а сам старался дышать ртом. Нас прервал сигнал скорой, которая пыталась проехать сквозь толпу. Мы отошли в сторону, и я увидел, что за ней едет ещё одна, а за ней ещё одна, и ещё...

Уже из машины позвонил сестре и сказал, что всё хорошо, в дороге, жди. Таня облегчённо заплакала, а я повесил трубку. Янка всю дорогу молчала, я ничего не спрашивал и даже радио не включал. Возле дома долго искал, куда поставить машину, а когда заглушил мотор, Янка тихо сказала:

— Дядя Миша, там был труп. Парень лежал на земле весь в крови, у него вместо лица был котлетный фарш.

Я вылез из машины, подождал Янку, и мы вошли в подъезд. Минуты ожидания лифта казались часами, я несколько раз нервно нажимал на кнопку вызова и прикладывал ухо к двери, пытаясь понять, есть ли там хоть какое движение. Янка стояла рядом, сложив на груди руки. Я дышал ртом. Скоро приехал лифт.

Сестра долго обнимала Янку и плакала, я стоял и как-то нелепо на них глядел. Я не знал, то ли улыбаться мне, то ли сохранять серьёзное выражение лица. Хотел было уйти на кухню, но понимал, что должен подождать.

— Тебя там били?

— Нет, мам, меня не били, там других били, очень сильно...

Я перебил:

— Таня, корми ребёнка!

Сестра спохватилась:

— Сейчас! Я сейчас!

— Мам, я в душ быстро схожу, — Янка ушла в комнату за одеждой, а я смог пройти на кухню.

Я сел на своё привычное место у холодильника. Сестра разогревала в кастрюле бульон и ставила в микроволновку курицу. Вдруг она зашептала:

— Миша, я читала, что им там вообще еды не давали, поэтому сначала им нужно с чего-то лёгкого начинать, а через пару дней, когда пищеварительная система восстановится, можно переходить к обычной еде.

— Да их наверняка там кормили. Может, не так хорошо, как ты, но вполне по ГОСТу.

— Думаешь?

— Да что тут думать — я знаю! Если по нормам и закону положено первое, второе и компот — значит, всё было!

Из ванной вышла Янка, с мокрыми волосами, в свежем спортивном костюме. Лоб у неё был красным — жёлтая метка исчезла. Сестра налила Яне бульону, мне досталась курица. Сама Таня не ела, она всегда плохо ест в периоды стресса. Помню, когда будущий Янкин отец очень тихо сбежал от беременной Тани, она похудела килограммов на семь. Я тогда со сборов приехал, взял отпуск и жил с ней месяц, заставлял есть ради ребёнка.

За окном светало и во все голоса щебетали птицы. Я понимал, что скоро нужно будет встать, попрощаться, сказать, что поговорим потом, заехать домой, переодеться, привести себя в порядок и пойти на работу. Отгулов сейчас не дают, со службы отпускают только в случае смерти или тяжёлой болезни родственника.

А было бы хорошо завалиться в кровать и проспать до обеда, тем более Юля с детьми сейчас в деревне.

За столом и я, и Янка молчали, тишину разрывал только шёпот сестры, которая спрашивала, положить ли ещё, или мелодично приговаривала: «Ешь, ешь». От чая все отказались, и Янка пошла спать. Я не хотел оставаться наедине с сестрой, поэтому быстро распрощался, прихватил контейнер с оставшейся курицей и ушёл. Даже лифта не стал дожидаться — боялся, что Танька выйдет на площадку и заговорит.

В тот день после нескольких звонков и сообщений от сестры я отключил телефон. Работы было много, в основном бумажной. Я даже был рад, потому что мог сидеть у себя в кабинете и ни с кем не разговаривать. Потом всех вызвали на собрание. Всё как обычно: трудное время, встать на защиту Родины, сохранить независимость, протестующим платят, спонсирует Польша. Из хорошего: пообещали прибавку к зарплате, премии и приказали составить список всех нуждающихся в улучшении жилищных условий. Сказали, что очередь будет двигаться быстро и сотрудники МВД считаются привилегированной группой населения. Я подумал: как хорошо, что ещё в прошлом году прописал у себя мать с отцом. Кто знает, может быть, и четырёхкомнатную дадут. Всё-таки двое разнополых детей, мы с женой и вот — отец с матерью. Одним словом, настроение у меня улучшилось, я вписал свою фамилию в список под двенадцатым номером.

После работы позвонил сестре, сообщил, что был очень занят. Таня хотела поговорить о Янке, но я сказал, что это лучше делать не по телефону. Договорились встретиться во дворе. Когда я подъехал, сестра уже ждала меня у подъезда, мы отошли на пустую детскую площадку, сели на скамейку. Было видно, что Танька волнуется. Я не волновался, но внезапно в животе у меня заурчало, и тут я вспомнил, что сегодня ничего не ел и курица в контейнере так и стоит в общем холодильнике.

— Янка говорит, что нам нужно подать заявление в суд за незаконное задержание и незаконное удержание под стражей.

Я выпрямил спину, глубоко вдохнул, выдохнул и начал:

— Таня, что значит «незаконное задержание»? Она находилась около избирательного участка вечером после выборов, была в толпе среди тех, кто организовал несанкционированное мероприятие. Зная нашу Янку, она, скорее всего, выкрикивала деструктивные лозунги, наверняка держала в руках фашистский бело-красно-белый флаг или что-то ещё такой же расцветки. И как это можно квалифицировать как незаконное задержание?

Я понял, что начинаю распаляться, поэтому остановился, чтобы перевести дух и успокоиться.

— Миша, но это всё разрешено конституцией, это наше право на собрания, на выражение своего мнения.

Танька шептала, и это начинало раздражать.

— Кроме конституции есть закон. И закон говорит, что все массовые мероприятия нужно согласовывать. Она нарушила закон, и ей ещё повезло отделаться всего несколькими днями на Окрестина.

Танька молчала, потом снова прошептала:

— И что нам делать?

— Что делать? Ты должна поговорить с Янкой и попытаться выбить из неё эту дурь. Ей манипулируют, она — марионетка в руках какого-то кукловода, сидящего в Польше. И чего ей не хватает? Есть квартира, у неё — своя комната, в универе учится, государство платит за её учебу, а потом государство её трудоустроит! Ни в каких америках и польшах ничего подобного нет! Там твои родители сначала всю жизнь горбатятся и копят на твоё обучение, и — дай бог — они накопят к моменту, когда ты закончишь школу! А потом ты учишься и посуду моешь в забегаловках для негров, потому что никакую стипендию тебе никто не платит. А после вуза — ищи-свищи себе работу са-мо-сто-я-тель-но! И ни в какую приличную компанию тебя не возьмут, потому что ты — без опыта, вчерашний студент!

— Миша, — тихо сказала сестра. — Ты должен послушать Янку, она тебе расскажет, что видела на Окрестина...

— Тань, то, что она видела, — это последствия развитого воображения испуганной девятнадцатилетней девочки. Где статистика по убитым? По раненым? Избитым? Неужели ты думаешь, что подобное может сойти с рук? Я уверен, что она всё очень сильно преувеличивает.

— Тогда ты должен с ней поговорить.

— Я и поговорю! Только не сегодня, потому что я ночь не спал, а потом ещё целый день работал!

Я вообще не хотел говорить с Янкой, поэтому рад был по крайней мере отложить эту чёртову беседу. После встречи с Таней я доехал домой и, голодный, едва успев раздеться, плюхнулся на кровать и проспал до звонка будильника в шесть утра. А потом, в воскресенье вечером, в инстаграме у Янки я обнаружил фотографию её и Тани. Они стояли под огромным бело-красно-белым флагом, обнимались и выглядели совершенно счастливыми. На следующий день я поехал к сестре. Поднявшись на пятый этаж, своим ключом открыл общую дверь тамбура и дёрнул за ручку двери — квартира была заперта. Я было подумал, что их нет дома, потому что раньше они запирались только на ночь. Тогда я позвонил и услышал шаги за дверью. Мне открыла сестра:

— Привет, Миш, проходи!

Танька знала, что моим любимым местом в её квартире была кухня, поэтому сразу же пошла туда.

— Ну, привет! — сказал я, усаживаясь на свою табуретку.

— Чай будешь? Или ты, может, голодный? Юлька твоя вернулась? — Таня больше не шептала, и я гадал, рад я этому или нет.

— Я бы перекусил чего-нибудь.

На несколько минут сестра превратилась в привычную Таньку: загремела тарелками, застучала ножом по разделочной доске, стала что-то перекладывать, разогревать, размешивать. И совсем скоро она уже сидела за столом и с улыбкой смотрела, как я расправляюсь с её борщом, отбивными и салатом. Мы перебросились несколькими фразами о родителях, о Юльке с детьми, о нашей больной тётке. Потом Таня поставила чайник и сказала:

— Пойду позову Янку, она в наушниках целыми днями сидит — ничего не слышит!

По лицу Янки я пытался понять, рада она меня видеть или нет. Она выглядела намного лучше, чем в ту ночь после Окрестина. Теперь глаза у неё светились. «Красивая», — подумал я.

— Привет, дядя Миша! — сказала Янка, целуя меня в щёку.

— Привет, красавица! Как дела? Готовишься к началу учебного года?

Янка улыбалась, и у меня отлегло — значит, рада.

— Да! Учу «Марсельезу».

— «Марсельеза» — это серьёзно! Тетради, ручки купила уже?

— Нет, на неделе с Маринкой едем на ярмарку — там всё дешевле.

Танька разливала чай.

— Я тут вот что хотел сказать... — начал я, потому что понял, что, если этот разговор не состоится сейчас, он не состоится никогда. — В общем, видел я вашу фотку под флагом.

— Здорово, дядя Миша, да? Это был огромный флаг и...

Я перебил:

— Да, огромный. Только не надо вам туда ходить.

Я заметил маленькие вспышки в глазах у Янки.

— А почему?

Когда злилась, она всегда говорила с такой натянутой, словно отбивающей ритм, интонацией.

— А потому что ты ещё маленькая и не понимаешь, что тобой манипулируют. Кто-то в Польше сидит и внушает таким, как ты, что всё у нас плохо и что нам нужны перемены. А нам не нужны никакие перемены! У нас всё хо-ро-шо! У твоей матери есть работа, есть оплачиваемый отпуск, у вас есть квартира с отдельной для тебя комнатой. Государство бесплатно тебя учит, лечит, ищет работу. Чего ещё тебе не хватает?

Янка покраснела.

— Дядя Миша, ты на самом деле ТАК думаешь??

— Да, я так думаю, и это так и есть!

— Тебя там зомбировали! — Янка стала повышать голос.

— Ну, зомбировали — это вас.

— Дядя Миша, что ты такое говоришь?? Я была на Окрестина, я видела, как били наших парней, красивых, сильных, умных! Меня вели по коридору и я видела кровь на полу, на стенах! Я видела того человека, с лицом, превратившимся в фарш! Он существовал! У нас девочки в камере были, им не давали прокладок, мы рвали свои майки для того, чтобы хоть как-то помочь им! Глеба с моего курса избили так, что он до сих пор в реанимации! Ты видел эти фотки в интернете?! Синие ноги, спины! Сломанные носы, руки, рёбра!

— Яна, ты всё преувеличиваешь...

— Кто? Я?!! — взвизгнула Янка.

— Ты должна помнить, кто ты и где ты живёшь. Ты понимаешь, что, если к власти придёт эта проститутка Тихановская, к нам сразу же введут войска НАТО?

— Дядя Миша, я просто не верю, что это говоришь ТЫ! Ты меня крестил, ты меня вырастил и в любой ситуации ты горой за меня стоял! А теперь я тебе рассказываю, что твои коллеги, менты, избивали людей до смерти за то, что они вышли против вранья и фальсификаций, а ты говоришь, что я преувеличиваю?!

— Яна...

Но она уже выбежала из квартиры и хлопнула дверью.

— Миша, господи, ты не прав, — начала Танька. — Как же ты не прав, брат мой... Помню, тебе было года четыре, наверное, и мама послала нас к отцу на попас. Мы несли ему обед: суп в пол-литровой банке, хлеб и компот в стеклянной бутылке. На половине пути ты устал, и я посадила тебя на спину и всю оставшуюся дорогу несла тебя... Я буду молиться о тебе, Миша, и в любой момент я приду к тебе, посажу к себе на спину и буду нести, сколько нужно, но ты должен понять, что человечность — это самое ценное, что у нас есть, и её нельзя терять. А теперь — уходи, Миша...

Следующий раз я увидел Янку в инязе. Меня отправили туда мониторить ситуацию. Я стоял наверху и наблюдал, как она вместе с другими студентами пела «Марсельезу». Они успели допеть до конца, успели похлопать и что-то прокричать, начали было петь снова, но тут вошли наши. Хорошо, конечно, что даже в такой ситуации сотрудники остаются людьми и хватают парней, а не девушек. Хотя я бы всех хватал: и девушек, и женщин. А как им по-другому объяснить? У них настолько промыты мозги, что по-другому к ним не достучаться. Один парень сильно упирался, поэтому его тащили к выходу трое, а потом к ним подбежала Янка и стала кричать и лупасить кулаками по спине одного из сотрудников. Я было шагнул в сторону лестницы, но вовремя остановился. Один из сотрудников достал дубинку и пару раз полоснул ею по повисшей у него на руке Янке. Она вскрикнула и сдалась, уселась на пол, обхватила коленки и горько заплакала. Я вспомнил, как мы с ней как-то гуляли по городу, ей было лет четырнадцать, она начинала считать себя взрослой, красила губы, подводила стрелки на глазах и совсем не расчёсывала кем-то бритвой постриженные волосы. В нескольких метрах от нас иссиня-чёрный кот перебегал дорогу. И в это же время по улице неслась серебристая «Лада Калина». Водитель даже не попытался затормозить, он немного выкрутил руль вправо, тем самым размазав чёрную шерсть по асфальту, перемешав её с красной кровью и чем-то совсем натуральным телесного цвета. И тогда Янка вот так же в бессилии опустилась на тротуар и зарыдала.

Вскоре за ней пришли наши, подхватили под руки и понесли в микроавтобус, тогда она подняла глаза наверх и увидела меня. Через несколько секунд я услышал её крик:
— Па-а-а-па-а-а!

июнь 2021

Животное

За двадцать лет службы я насмотрелся на многое: на торчащие из живота ножи, на задушенных младенцев, на самоубийц с синими высунутыми языками. Но дело, над которым я работал летом 2020-го, я не забуду никогда...

В то злополучное воскресенье я готовил плов. Лёшка был у меня, Катька должна была подъехать к ужину. После развода каждые свободные выходные я забирал детей к себе. Не для того, чтобы участвовать в их жизни и прочая хренотень, — я тупо по ним скучал. Марина была не против и даже поддерживала меня. Может, чтобы самой отдохнуть, а может, чтобы «у детей был отец».

— Па-а-ап! — к пятнадцати годам Лёшка всё ещё не избавился от дурацкой привычки разговаривать из другой комнаты. — Уже третья девушка с начала июня пропала!

— Я тебя не слышу! — соврал я.

Лёшка зашёл на кухню и, держа в руках телефон, повторил:

— Уже третья девушка с начала июня пропала!

— Ты-то откуда знаешь?

— Отряд «Ангел» у себя опубликовал ориентировку, я на них подписан в фейсбуке.

Мне тогда вообще не хотелось думать о работе, потому что в то дурацкое воскресенье я рассчитывал провести день дома, приготовить плов и потом тупо сидеть у телека с детьми под боком.

— Ну, первые две наверняка нашлись, но твой отряд про это забыл написать.

— Нет, пап, они всегда пишут, когда человека находят, а тут вот новую ориентировку опубликовали и упомянули две предыдущие.

У меня в животе стало зарождаться дурное предчувствие не только о плове, но и о выходном в целом.

— Чё ты на них вообще подписан?! — немного зло сказал я сыну.

— Они крутые! В следующем году, когда мне исполнится 16, я хочу быть у них волонтёром!

Плов я тогда доделал, Катьку дождался, даже поговорил с ней про её поступление, а потом намертво засел за компьютер и занялся поиском информации о пропавших девушках.

На следующее утро я принёс в кабинет три папки, в которых, кроме заявлений о пропаже, ничего не было, вызвал Кудласевича и как можно спокойнее спросил, почему никто не занимается этими делами. Кудласевич глядел куда-то под стол и оправдывался выборами: мол, заняты предвыборными кампаниями, грядущими выборами, послевыборными кампаниями, дел невпроворот, людей не хватает и прочая херня. Я эту лабуду слышал почти каждый день: чуть что накосячили — виноваты выборы. Но сдержался и спокойно приказал собрать оперативную группу в лице Симончика и Яхновца, а самому идти заниматься выборами — мол, у него это очень хорошо получается.

Симончик и Яхновец пришли к нам этим летом сразу после окончания академии. Выборами они интересовались мало, зато мечтали о «настоящем» деле, похожем на скандинавский сериал. Я любил работать в одиночку, но тут решил, что помощники мне просто необходимы, потому как заниматься тремя делами сразу, даже если они связаны друг с другом, одному достаточно сложно.

В общем, Симончик и Яхновец зашли в кабинет с улыбающимися глазами, а я повесил на стену кусок обоев обратной стороной (магнитные и пробковые доски — это только у несчастных американцев, у нас — обои!), кнопками прикрепил фотки девушек, написал их имена, даты рождения, адреса проживания, работу, учёбу и где их видели в последний раз. И мы начали...

Василенко Мария, 26 лет, победительница конкурса красоты в 2019 году, студентка БГТУ, шатенка. Кочанович Наталья, 26 лет, студентка БГПУ, шатенка. Ермошик Лидия, 26 лет, продавец бутика Commission, шатенка. С фото на куске обоев на нас смотрели красивые девушки, с длинными прямыми волосами и карими глазами. Все они пропали около полуночи. Мария исчезла 11 июня после выхода из «News Café», Наталья — 18 июня в районе улицы Карла Маркса, шла от друзей, Лидия 25 июня возвращалась с вечеринки на работе, её бутик находится недалеко от ГУМа. Итого: все три девушки исчезли в одном месте, практически в одно и то же время, но в разные пятницы июня. Между собой они знакомы не были.

Мы набросали подробный план действий: опрос родителей, родственников, бойфрендов, друзей, знакомых, отсмотр видео с камер, запрос информации от мобильных операторов и так далее и так далее. Парней я засадил за видео и за обработку мобильных, а сам поехал разговаривать с родителями первой пропавшей девушки. В целом разговор прошёл продуктивно, но, помню, когда я вышел от них, то сразу же набрал Катьке, сказал, чтобы после десяти вечера вообще из дому не выходила, потому что в городе работает маньяк. То, что это был маньяк, я уже не сомневался. Потом позвонил Марине и спросил, не хочет ли она с детьми съездить куда-нибудь в отпуск или к родителям в деревню на пару недель, предложил дать денег. Она удивилась, сказала, что подумает. Ну а я добавил, чтобы Катьку никуда по вечерам не отпускала, особенно по пятницам. Помню, она помолчала и пообещала, что сегодня на работе узнает насчёт отпуска.

На следующий день утром меня разбудил звонок телефона...

...На водохранилище я добрался за полчаса. Там уже присутствовали местные правоохранительные органы, эксперты ещё ехали. Труп нашёл рыбак, живущий неподалёку. Это была наша первая девушка — Василенко Мария. Я опознал её по большой родинке на шее. Ещё тогда запомнились какие-то странные следы от зубов рядом с родинкой, они не выглядели смертельными, просто прикус, но был он каким-то жутковатым. Вообще, от всей этой картины мне стало совсем не по себе, и я попросил у молоденького милицонера сигарету, отошёл к машине и выкурил её. Пять лет не курил, а тут...

Потом я сделал запрос на команду водолазов, так как хотел быть уверенным, что где-то рядом не плавает ещё два трупа. Быстро переговорил с подъехавшими экспертами и по дороге на работу заехал к родителям Марии сообщить плохие новости. Одним словом, день начался совсем хреново, и я надеялся, что хотя бы Симончик с Яхновцом меня порадуют какой-нибудь зацепкой.

В принципе, так и случилось. Когда я зашёл в кабинет, Симончик выглядел довольным и сказал, что на камерах ничего особенного нет, кое-где на записи попадаются наши девушки, но в итоге они исчезают как сквозь землю провалившись. Его заинтересовала лишь одна деталь: это был автозак, который все наши пятницы катался по ближайшим к месту пропаж улицам. Но автозак этот был какой-то странный. Весь словно ухоженный, начищенный, привычной двери сбоку не было, и, судя по тому, что мы смогли разглядеть, вход у него размещался только в заднем борту и был он больше обычного. Над кабиной было вставленно как будто зеркало Гезелла — стекло с односторонней видимостью. Я ещё подумал тогда: «Нахрена в автозаке зеркало Гезелла?» А из окна по правому борту торчала какая-то палка. Может, антенна — по видео сказать было сложно. В общем, пробили мы номер — его не оказалось в базе, и я отправил запрос в КГБ, потому что иногда они скрывают настоящие номера спецтранспорта.

В тот день я много ездил и разговаривал с друзьями, коллегами, однокашниками девчонок. Помню, к концу дня голова у меня была как колокол, а в блокноте добавилось ещё несколько имён, с кем мне нужно было переговорить. Вечером позвонила Марина и сказала, что взяла отпуск на месяц и в субботу утром она с детьми уезжает в деревню.

С утра я отправился к Палычу — нашему патолого-анатому. Купил, как полагается, бутылку. С Палычем у нас были хорошие отношения. На шашлыки мы вместе, конечно, не ездили, но после работы по рюмашке, бывало, пропускали. В общем, когда я пришёл, Палыч был в паршивом настроении, и я понял, что новости будут плохими. Так и оказалось: девушка наша была накачана героином по самое не балуй, но умерла всё же от утопления в пятницу 25 июня. Многочисленные следы извращённого изнасилования, разрывы, раны. Следы на шее — животного происхождения, но какого именно, Палыч сказать не мог, потому что такие укусы в его практике не встречались. Никаких отпечатков или следов ДНК, всё чисто. Единственное: к туловищу её был привязан груз. Она не должна была всплыть. Но что-то пошло не так. Я отдал Палычу бутылку, поблагодарил, сказал, что сегодня вряд ли получится забежать после работы.

К концу того дня у нас было две пропавшие девушки, один труп без каких-либо наводок, водолазы, которые почти за полтора суток поисков ничего не нашли, и ответ от КГБ, что автозак принадлежит им и в указанные даты и время он выезжал по спецзаданию. Иными словами — где-то хватали кандидатов в президенты и их волонтёров. Вдогонку ко всем этим новостям мы были ознакомлены с приказом, который обязывал нашу оперативную группу присутствовать на параде ко Дню Независимости. Мы должны были быть представлены «в виде людей в штатском, которые растворяются в толпе и следят за настроениями», инструкцию обещали предоставить завтра утром. После ознакомления с приказом я вышел с работы и направился к Палычу.

Два дня до праздника мы работали с утра до позднего вечера: разговаривали с оставшимися в списке людьми, прорабатывали бывших и настоящих бойфрендов, отсматривали видео с дорог, ведущих к водохранилищу, опрашивали там местных жителей. Ещё мы сделали запрос в КГБ о доступе к видео с камер на Администрации президента (она находится рядом с местом исчезновения девушек), но нам отказали. Ни на что другое я, в принципе, не рассчитывал, но ради очистки совести попробовать было нужно. К третьему июля мы подошли с нулевой версией о том, куда в центре города могли исчезнуть три красивые двадцатилетние девушки.

В День Независимости я должен был находиться в толпе рядом с главной трибуной и «наблюдать за настроениями». В этом году президент не присутствовал на параде в связи с болезнью, но среди выступающих были другие первые, вторые и третьи лица государства. Я стоял и глазел на парад, на наше военное и сельскохозяйственное величие. И вдруг на другой стороне проспекта, на одной из прилегающих улиц, я заметил тот самый автозак! Чистенький, аккуратненький, словно только что сошедший с заводского конвейера. По подземному переходу благодаря удостоверению я быстро перешёл на другую сторону и оказался рядом с автозаком класса люкс. Со стороны водительской двери стояли двое в гражданском и наблюдали за парадом, я незаметно обошёл автозак слева и увидел то, что мы разглядели на видео, — антенну. Я смотрел на неё и даже вблизи не мог понять, что это такое. Как вдруг она зашевелилась, и я понял, что в автозаке кто-то есть. В общем, я тихо отодвинул засовы на заднем борту, приоткрыл дверь, просунул голову внутрь и... Блядь! В автозаке класса люкс сидел огромный таракан, метра три длиной, который сквозь зеркало Гезелла наблюдал за парадом, а всё его лощёное тело покачивалось в такт оркестру. Одно существование этого таракана было настолько завораживающим, что мне захотелось протянуть руку и ощутить тепло или холод его гладких осенних крылышек. Меня отрезвил запах гниющих яблок и немытого человеческого тела. Я повернул голову и на полу в углу рядом с дверью заметил девушку, которая смотрела на меня огромными карими глазами. Взглядом и движением головы я подозвал её к себе, она совершенно бесшумно подползла и спрыгнула мне на руки, я быстро захлопнул хорошо смазанную дверь, закрыл засовы и, держа девушку за локоть, забежал в ближайшую арку.

В общем, в тот день я заехал в деревню за Мариной с детьми, и мы сбежали в Польшу. Лида, которую я нашёл в автозаке, вместе с родителями оказалась в Литве, она проходит курс реабилитации. Президента больше никогда не показывали в прямом эфире. Симончик с Яхновцом 12 августа опубликовали у себя в соцсетях видео того, как они жгут свою форму. Каждую пятницу в городе М. по-прежнему пропадают красивые девушки, и я не знаю, как мне остановить таракана...

сентябрь 2021

Что случилось 24 сентября — самое важное

47, 21, 38, 16, 1, 96. 96 — это «Белсат», я его уже два дня не читала. Начну с «Zerkalo.io», пролистаю на следующем красном сигнале светофора. Вообще, хотелось бы меньше этих раздражающих серых кружочков с цифрами — свидетелей невыполненного ежедневного плана. Словно чтение мною новостей может что-то изменить. Как будто если Луку пристрелят и я не прочту текущую новость в «Телеграме», то случайно узнаю об этом только через пару месяцев или даже лет.

Ищем родных или друзей Сергея Соколова, о котором вчера в госСМИ сказали, что он должен был «убить Гайдукевича» и других «руководителей высокого ранга».

«Талибан» возобновит казни и ампутации конечностей.

Лукашенко нашёл «шпионов» на предприятиях.

— Да чего ты сигналишь, мудак! Еду!

— Мам, ты сказала «мудак», — заметил Ник с заднего сиденья.

Глубоко вдохнула-выдохнула, вдохнула-выдохнула.

— Прости. У мамы сегодня отвратительное настроение.

— Почему? — спросил Марк. — С бабушкой плохо?

— Нет, бабушка в порядке. Иногда ужасное настроение приходит просто так.

Припарковалась во втором ряду. Ник в свои семь на прощание всё ещё целовал меня в щёку, а девятилетний Марк быстро говорил «Пока!» и терпеливо ждал брата, чтобы вместе зайти на школьный двор.

В Минске установят более 1000 камер видеонаблюдения. Из них треть — в школах.

Напавший на пермский вуз студент пришёл в сознание.

В Минской области возникли проблемы с торфом и дровами.

Я позвонила в офис и загадочным голосом Ренаты Литвиновой сообщила секретарше Илоне, что опаздываю. Всеми известными мне способами я пыталась избавиться от тревожности, которая, словно маленький Румпельштильцхен, носилась из угла в угол по моему богатому внутреннему миру, стучала по стенкам желудка и тонкими пальцами щекотала горло. В любимой кофейне купила маленький флэт-уайт с одним шотом и два карамельных слайса. Если в юности от стадии «бесит» меня спасало какао, то сейчас — кофе и карамельный слайс. Наверное, ещё пару лет — и это будут ром с колой. От кофеина и сладкого немного полегчало, но я всё равно выпила таблетку «Ново-Пассита».

— Как прошёл мой день? Да заебись мой день прошёл! Уснула на собрании, где обсуждали прошлые и будущие собрания и ещё больше собраний, после тупейшего запроса от клиента выслала ему ссылку на статью по оформлению техзаданий копирайтерам, из достижений: новую девочку-ассистентку, устроенную к нам по блату, положенному родственникам директора, я не послала на хуй, а просто сказала «блядь» и выдала приготовленную заранее распечатку той же самой статьи. А как прошёл твой день? Удиви меня! — я посмотрела на время — нужно было торопиться забирать пацанов из продлёнки. — Babe, мне пора, пожалуйста, не задерживайся! У тебя двое детей и жена в отвратном настроении!

Мне кажется, без аудиосообщений я и Серёга вообще обходились бы десятью словами в день. Интересно, технологический прогресс увеличил или уменьшил количество разводов?

Сокамерники рассказали о семейной паре, которую уже шесть раз судили за «экстремистские» репосты друг другу.

В Беларуси упала средняя зарплата.

Сахар из РФ снова дешевле белорусского.

По дороге из школы выяснилось, что нужно сдать деньги на подарки ко Дню учителя. Сдержалась и вслух не сказала ни слова. Дома встала в позу повара. Налила в любимый бокал чилийский шардоне. Куриные ножки — в духовку, овощи — туда же, капусту — на салат. Открыла родительский чат Никиного класса. Двенадцать ответов. Просто по Блоку. «Хорошо!» — семь раз, «Отличная идея!» — два раза, «Мы — ЗА!» — два раза, «Как раз хотела предложить» — один раз. Бля-я-ядь! Будем надеяться, что к завтрашнему дню кто-нибудь из оставшихся родителей напишет, как школа не вывесила бюллетени и какого хрена праздновать День учителя, когда у нас на сегодняшний день 685 политзаключённых! Иначе это всё в тайне от Серёги придётся написать мне.

Беларусь опустилась в рейтинге свободы интернета до уровня Мьянмы.

Минчанина отправили на 15 суток за репост из телеграм-канала TUT.BY.

Беларусь окажет Венесуэле гуманитарную помощь в борьбе с коронавирусом.

Кто-то задёргал ручку входной двери, потом раздался тревожный звонок. Сердце набирало скорость и бежало в сторону польской границы.

— Мама!

Я резко приложила указательный палец ко рту — Марк и Ник замолчали.

На цыпочках вдоль стены прошла к двери, на полпути нажала кнопку сноса «Телеграма», посмотрела на испуганных пацанов, попыталась улыбнуться. В глазке за дверью стоял Серёга. Один. И я поняла, что закрылась на внутренний замок.

— Это папа, — всё ещё шёпотом выдохнула я. Ник убежал в комнату и, повалившись на кровать, заплакал.

Я открыла дверь.

— Лид, ну что за дела? — возмущённо произнёс Сергей.

— Блядь, я же не специально! Автоматически повернула! А ты мог бы позвонить, прежде чем детей пугать!

На кухне сработал раздражающий таймер.

За ужином Серёга развлекал пацанов, я же сидела в крепких объятиях чувства вины и ждала, когда со мной заговорят и простят за, простигосподи, замок. Заговорили, простили. Загрузила посудомойку, помыла противни, остатки ужина распределила по контейнерам и поставила в холодильник, убралась на кухне, вернула «Телеграм» на место.

Ангела Меркель покормила попугаев накануне ухода с поста.

Митрополит Вениамин призвал верующих соблюдать антиковидные меры и высказался о вакцинации.

Макей заявил, что санкции в отношении Беларуси могут привести к снижению урожайности и росту цен на продовольствие во всём мире.

Сергей уже сидел за компьютером.

— Ты это серьёзно??

— Babe, мне за выходные нужно сдать проект.

— Сюрпрайз-сюрпрайз!

— Кстати! — он нагнулся к своей сумке, достал оттуда шоколадку с цельными лесными орехами. Я не хотела улыбаться, но... Мне кажется, что однажды я всё же перерасту навязанное обществом желание цветов от мужа. Серёга никогда не дарит цветов! НИ-КОГ-ДА! Каждое ненавистное Восьмое марта я на генном уровне надеюсь на картинку из российского сериала: я сплю, Сергей с пацанами идут за цветами и потом готовят сырники на завтрак. Но ничего этого не случается. Международный женский день проходит совершенно так же, как и остальные выходные. Без тюльпанов! Зато в дни плохого настроения Серёга приносит шоколад с цельными орехами. И тогда мне становится легче.

— Ты — подлый взяточник!

— Лид... Наш офис переезжает в Польшу...

Фёдору 31 год, и он всю жизнь прожил в Минске. В феврале 2021-го мужчина ушёл с работы консультантом в автосервисе и переехал в Гданьск, где сейчас трудится на заводе...

В Польше недалеко от границы нашли тело мигранта.

Курсы валют...

Входящий от мамы.

— Ну, привет, мам! Как ты?

— Нормально. Ты звонила Коле?

— Мам, Коле я не звонила — я звонила в частную клинику и записала тебя на понедельник.

— В частной клинике только деньги дерут!

— Мам, я прошу тебя! Я за тобой заеду в понедельник в десять!

— Хорошо, только это всё равно не то.

— Господи, мама! Я не буду звонить Коле! Потому что Коля — прикорытник, вор и взяточник, который поддерживает Луку! Поэтому ты пойдёшь не по блату, а как цивилизованный человек — за деньги в частную клинику! Всё! Пока!

Глава Минздрава рассказал, когда частные лаборатории смогут вернуться к проведению ПЦР-тестов.

59 % жителей Беларуси настороженно относятся к вакцинации от коронавируса.

Коронавирус в Беларуси… Умерли +12.

Поверх новостей всплыло окошко с сообщением от сестры: «Они пришли». Блядь!
— Сергей! К Дашке пришли!
Конечно же, я поехала. Припарковалась рядом с подъездом. Неподалёку стоял тёмно-синий микроавтобус с тонированными стёклами. Вся история наших сообщений в «Телеграме» была удалена. Написала «Как дела?» — без ответа.

Троих задержанных 9 сентября на дворовом марше в Кунцевщине, который так и не состоялся, осудили повторно.

Белорусские экс-силовики опубликовали расследование о гибели Романа Бондаренко.

В Италии задержали экс-главу правительства Каталонии.

Её вывели в 23.05. Двадцать три — номер маминой квартиры. Пять — в пять лет Марк научился плавать. Двадцать три ноль пять. Двадцать три ноль пять…

В свете подъезда Дашка казалась послушной и покорённой. Мой внутренний советский ребёнок требовал подвига: Дашка бросается бежать, я давлю на газ, подхватываю её на ходу, и мы уезжаем далеко-далеко, где она, десятилетняя, сидит на даче на подоконнике у плиты и жарит драники мне и моей первой любви Лерке.

Всю ночь пролежала на диване, укрывшись колючим пледом, с телефоном в руке. Просыпалась каждый час, в надежде проверяла сообщения, ворочалась, придумывала варианты мести и план государственного переворота, под эти мысли засыпала и просыпалась снова. Каждый раз проваливалась в отрывочные сновидения из детства: сосед Мишка, копаем картошку, пьяный отец на мотоцикле, бабушка с ведром молока и снова отец, снова пьяный. В восемь утра сварила крепкий кофе. Дашка позвонила с незнакомого номера, сказала, что её отпустили и она идёт домой, я схватила ключи, куртку и побежала к машине.

Дорожные знаки сдерживали набирающее обороты сердце. Около кинотеатра «Киев» издалека заметила красно-зелёные флаги, сбавила скорость, чтобы поглядеть на убогих пенсионеров. Мозг требовал наличия убожества, тогда он передавал сигналы душе: мол, всё окей, убогие, что с них взять? В левой части совершенно разных по возрасту людей в кожаной кепке Ленина, чёрной куртке с базара и дешёвых джинсах, с огромным, как вся моя детская любовь, красно-зелёным флагом стоял отец. Папа. Моё первое слово, которое я запретила себе произносить в пятнадцать лет, когда он ушёл к моей учительнице беларуского языка. Я резко затормозила и открыла бардачок. Что я надеялась там найти? Пистолет? Газовый баллончик? Удавку? Собственный голос? Когда я к нему подошла, он кричал «За бать-ку!», я легко вырвала из рук символ предательства и стала молотить красно-зелёным убожеством по тротуарной плитке до тех пор, пока древко не треснуло и флаг не оказался на земле. Потом посмотрела на отца и, не отводя таких же, как и у него, огромных карих глаз, стала прыгать на государственном символе, как на разминках на его уроках физкультуры, навзрыд повторяя:

— Раз-два-три-четыре! Раз-два-три-четыре! Раз-два-три-четыре! Раз, два, три, четыре…

декабрь 2021

Твой сын — фашыст!

Мария Никитична стояла перед стеной своего дома и смотрела на жирные белые буквы, которые прыгали по голубым доскам, складывались в слоги, слова и вырастали в кричащее восклицательное предложение. Почти как в сочинениях на её уроках русского языка.

«Твой сын — фашыст!»

«Жи», «ши» пиши через «и» — автоматически пронеслось в голове. И рука снова потянулась за красной ручкой с невидимого коричневого стола, чтобы размашисто зачеркнуть это грубое, неприличное «ы», а сверху аккуратно вывести изящное, стройное, правильное «и».

Мария Никитична не помнила, какой по счёту была эта надпись. Пятая? Седьмая? Десятая? Они стали появляться в сентябре, когда она докапывала картошку в огороде умершей свекрови. В тот первый раз она испугалась: словно кто-то выбил на гранитном памятнике её имя с ошибкой и посмеялся, что она не сможет исправить. Она долго плакала, молилась Богу, просила прощения у него и у людей, пила валерьянку, а потом, умывшись и переодевшись в выходную одежду, пошла на автобус до райцентра.

В городе она купила ведёрко голубой краски и, вернувшись домой к обеду, нашла в кладовке старые кисти, которыми в последний раз красила ограду на могиле мужа. Обмакнула одну в кричаще-голубую, как деревенский храм, краску, провела ею по ободку ведра, избавляясь от излишков, и сначала закрасила слово «сын», затем — «твой», а потом уже — «фашыст».

Вот и сегодня Мария Никитична уже механически, в установленном порядке замазывала белые буквы и сокрушалась, что пожалела денег на большое ведро краски.

Младшего сына Мария Никитична не видела с лета, и когда вчера, ближе к ночи, Игорь позвонил и радостно сообщил, что приедет на выходные, она заметалась по дому. Переставляла книги с одной полки на другую, ладошкой стирала пыль с журнального столика и накрытого вышитой салфеткой телевизора, поправляла покрывала на диване и креслах. Потом, словно опомнившись, взяла ручку и на другой стороне приглашения на выборы показательным почерком в столбик записала: «борщ, картошка-пюре с курицей, отбивные, „шуба“, „Каракуль“, налистники».

Она достала из морозильника кусок свиного филе, кости и куриные ножки, уложила всё в большую алюминиевую миску, накрыла старым полотенцем, сшитым из простыни, и поставила в кладовку.

Ночью Мария Никитична ворочалась на своей девичьей перине, два раза вставала и шла на веранду к ведру с колодезной водой, черпала её литровой эмалированной кружкой и, нехотя припадая губами к холодному краешку, пила. Лёжа в кровати, она решила, что утром всё-таки позвонит Вове, скажет о приезде брата и позовёт на обед. После чего провалилась в сон, и ей снилось, как она снова работает в школе, и Степановна, учительница математики, жалуется на Вову и Игоря директору, а она стоит рядом, держа в руках тетради с планами, хочет защитить сыновей, но вместо слов у неё изо рта сыплются зубы.

Вова появился, когда она пекла блины. Он зашёл по-хозяйски, широко распахнув дверь. За ним вбежал Юрка — старший внук Марии Никитичны, он за руку тянул младшего брата Ванечку и следил, чтобы тот аккуратно перешагнул через высокий порожек.

— Ну, здрасте! — поздоровался Вова.

По интонации сына, по тому, как бегали его глаза, Мария Никитична поняла, что Вова трезвый, но с похмелья.

— Здравствуй, сынок! Юрка, Ванечка, идёмте обниматься! Бабушка скучала!

Юрка с братом подбежали к Марии Никитичне и обняли её за ноги.

— Мойте руки и садитесь блины кушать!

Мальчишки ринулись к рукомойнику.

— Ну, как ты, мам? — спросил Вова, усаживаясь на табуретку у печки. — Опять стену закрашивала?

— Опять... — Мария Никитична вздохнула.

Тишину нарушили внуки: Юрка с противным скрежетом отодвинул стул, усадил на него брата, а сам с ногами залез на шатающуюся табуретку, пододвинул к себе банку с клубничным вареньем, отбросил с блинов полотенце, рукой подхватил верхний, тонкий, молочно-коричневый блин и водрузил его на тарелку Ванечки.

— Отпустили, значит, — произнёс Вова и достал из пачки «Мінск» сигарету. — Надолго?

— В воскресенье обратно. Думаю, вы с Наташей и детьми придёте, посидим, пообедаем по-человечески, — торопясь, проговорила Мария Никитична, наливая молоко в две кружки.

— Ну что ж, придём, посидим, поговорим, — ответил Вова, закуривая.

Мария Никитична посмотрела на внуков: Юрка уверенно размазывал варенье по блину брата, скручивал блин в трубочку и торжественно вручал восхищённому Ванечке. Тот откусывал маленький кусочек, запивал молоком и слизывал с руки капающее на стол варенье.

Игорь приехал к обеду. Коротко стриженный и гладко выбритый, он вышел из блестящей на солнце машины и подбежал к матери, обнял её, укутал сильными руками, приподнял над землёй и радостно заглянул в лицо. Мария Никитична счастливо улыбалась и, словно на обыске, ощупывала сына, желая убедиться, что вот он — её младшенький, настоящий, живой.

— Ну как ты тут, мам?

— Хорошо, сынок, хорошо. Ты как?

— И я неплохо. Вот машину новую купил, полный привод, теперь могу к тебе по любым дорогам ехать! — Игорь махнул рукой в сторону машины.

— Я рада, сыночек. Красивая машина. И видно, что новая! Пойдём в дом, скоро Вова с семьёй придёт, обедать будем.

— Сейчас, мам! — Игорь открыл багажник и стал доставать многочисленные шершавые пакеты с названием городского супермаркета и большие бумажные — из магазинов побогаче.

Мария Никитична разглядывала армию пакетов, стоящих на полу, когда Игорь вошёл в дом с большой коробкой в руках.

— А вот и мой тебе подарок на день рождения, мам! Телевизор! — и он с гордостью протянул матери коробку.

— Ой, сынок, да зачем же ты так тратился! Спасибо большое! Ставь на пол, тяжёлый — не удержу!

— Подожди, мам, сейчас открою! — Игорь поставил коробку на пол и стал рвать руками белую упаковочную ленту, она не поддавалась, он рвал сильнее и сильнее, пока на связанный крючком коврик не закапала кровь.

— Игорь, ты порезался! — заметила кровь Мария Никитична и протянула сыну полотенце.

— Ерунда, мам! Подай мне, пожалуйста, нож. Упаковали на славу! — Игорь вытер кровь с пальца, разрезал ленту, и из коробки показался гладкий непроницаемый экран.

Он занёс телевизор в зал и поставил его на журнальный столик рядом со старым, уже несколько лет как сломанным.

— Вот!

— Спасибо, сыночек! — Мария Никитична быстро заморгала.

Игорь размотал провода, вставил в пульт батарейки и занялся интернет-настройками и установками обновлений. Мария Никитична смотрела на сына, и вся тяжесть, скопившаяся у неё с августа в районе солнечного сплетения, ушла, и впервые за эти месяцы она задышала полной грудью. Она видела сына, родного, обычного, даже футболка на нём была та, что и в прошлый приезд, и мысленно, словно кому-то доказывая, шептала: «Не фашист, не фашист, не фашист».

— Мам, в понедельник позвонишь в «Белтелеком», попросишь подключить «Залу», возьмёшь нужный тариф — и будешь на связи с миром! Там и канал «Культура» есть, и православный канал, российских много и наши новости, — выберешь всё что захочешь!

— Ой, спасибо, сыночек, спасибо! — Мария Никитична подошла к сыну и крепко его обняла.

Она до последнего надеялась, что Игорь не заметит перекрашенную часть стены, но все надежды рухнули, когда они вышли на улицу.

— Что закрашивала?

Ещё давно она поняла: соврать не получится.

— Да пишут разное...

Игорь глядел в упор, и в его отцовских карих глазах с мелкими красными проталинками отражался немой ужас от того, что он пропустил, не уберёг, не защитил.

— Кто... пишет? — выдавил он.

— Не знаю, сыночек. Кто-то пишет... С ошибками... — добавила Мария Никитична.

— Участковому звонила?

— Нет, не звонила...

— Почему??

— С тобой хотела сначала поговорить, узнать... правда ли то, что пишут...

— Мам, ты чего?? — совсем по-детски, обиженно взвизгнул Игорь.

Мария Никитична глядела в глаза сына и по-учительски пыталась понять, врёт ли он. Игорь перебил взгляд словами:

— Хорошо... Что пишут?

— Твой сын — фашист, — совсем спокойно сказала Мария Никитична. — «Фашист» пишут через «ы», — добавила она.

И тут, нетерпеливо толкнув калитку, во двор вбежал Юрка, за ним, еле поспевая, просеменил Ванечка, а потом показались и Вова с Наташей. Юрка с Ванечкой резко притормозили перед Игорем и одновременно, застеснявшись, опустили головы.

— Ну, красавцы, здороваться с дядькой будете? — Игорь присел на корточки.

Юрка первым протянул руку, Игорь крепко её сжал, притянул к себе племянника и, положив голову на маленькое плечо, обнял. Затем схватил Ванечку, подбросил его вверх, поймал, перевернул на спину и защекотал гладкий выпученный живот. Племянники смотрели на бабушку и улыбались: «Свой!»

С Вовой Игорь поздоровался молча, пожав ему руку. Наташа тихо сказала: «Привет», зато Юрка и Ванечка не могли дождаться, когда закончатся взрослые формальности и они снова запрыгнут к дяде Игорю на руки.

— Ну, пацаны, пойдёмте за подарками!

Малые в одно мгновение наперегонки помчались в дом.

Игорь доставал из пакетов машинки, фломастеры, книжки, футбольные мячи, штаны, толстовки, рубашки... Казалось, праздник не закончится никогда, и Юрка с Ванечкой бросались от одной вещи к другой и каждый раз восхищались ярким цветом шапки, блестящей упаковкой от игрушки, гладкой отполированной обложкой книги. Игорь радовался вместе с племянниками: как будто все эти многочисленные подарки предназначались ему, пятилетнему, играющему с единственным танком со сломанным дулом.

— Ну, за встречу! — сухо сказал Вова, чокнулся со всеми пузатенькой рюмкой и опрокинул её содержимое в рот.

Ели молча, только Юрка и Ванечка что-то постоянно спрашивали у дяди Игоря, бегали к куче пакетов, вытаскивали оттуда новую игрушку и демонстрировали её сидящим за столом взрослым.

Вова дотянулся до бутылки водки, налил всем по полрюмки и, подняв свою, произнёс:

— За всё хорошее!

— Закусывай! — прошипела Наташа.

Вова молча посмотрел на жену и откусил хвостик маринованного огурца.

— Ну, расскажи, брат, как живёшь?

Игорь тяжело взглянул на Вову, который вытянутым лицом со впалыми щеками напоминал отца, и твёрдо ответил:

— Хорошо живу, не жалуюсь.

— Жениться не собираешься? — к облегчению жены и матери спросил Вова.

— Пока нет, не встретил ещё той единственной.

— Даст бог, встретишь! Я тоже племянников хочу, а ещё лучше — племянниц!

— И я бы внучек понянчила. Или внучков. Успеть бы дожить... — включилась в разговор Мария Никитична.

— Доживёшь, мам!.. Какие новости в деревне?

— Какие могут быть у нас новости? Деревня умирает, вот Лётчика похоронили, Вась-вася на прошлой неделе поминали.

— Саня Шуркало недавно вернулся, — Вова положил в рот кусок сервелата.

— В смысле — вернулся?

— Да вот так, приехал, закрылся в доме и пьёт уже месяц, за водкой и хлебом Завхоза посылает. Днём пьёт, ночью на улицу выбегает и кричит.

— Что кричит?

— Да разное. Бога в основном вспоминает. Но бывает, что и «Милиция с народом!» крикнет.

— Может, помощь ему нужна? Может, мне с ним поговорить? В академии же вместе учились!

— Тебе туда лучше не соваться, мы сестру из Украины вызвали, должна завтра приехать, сказала, к себе заберёт.

Разговор, как ручеёк, побежал, завертелся вокруг местных сплетен, слухов, перешёл к рассказам про Юрку и Ванечку, Вова незаметно наливал, уже не предлагая другим, и сурово, словно за Родину, молча выпивал рюмку за рюмкой.

Внезапно включился телевизор. Мария Никитична вздрогнула, словно от резкого крика, а потом увидела пульт в руках у Юрки.

— Мультики смотреть будете? — радостно спросил Игорь.

— Да! Да! — весело запрыгали малые.

— Какой ваш любимый?

— Ване нравится Пеппа, але на беларускай.

Игорь включил Youtube.

— Я — свінка Пепа! Гэта мой маленькі брацік Джордж...

На экране запрыгало счастливое семейство Пеппы. Ванечка стоял, держа в руках игрушечный мотоцикл, и заворожённо смотрел на большой телевизор. Вдруг Мария Никитична встала, подошла к экрану и салфеткой провела по тёмному пятну на мордочке маленького Джорджа. Пятно не оттиралось. Тогда она незаметно, как ей казалось, плюнула в салфетку и снова попыталась вытереть экран.

— Что там, мам?

— Кровь твоя, сынок, помнишь, порезался, когда распаковывал телевизор?

Вова словно очнулся, протрезвел и встретился с братом глазами.

— Пошли покурим! — он тяжко поднялся из-за стола.

Игорь посмотрел на мать, подмигнул ей и вышел за Вовой.

Мария Никитична засуетилась: прибрала грязные тарелки, подрезала чёрного хлеба, подлила в стеклянный кувшин вишнёвого компота. Наташа молча поставила на газ чайник и налила в миску моющего средства. Мария Никитична украдкой, как когда-то при жизни мужа, пытаясь отследить, куда он пошёл выпить, поглядывала в окно на курящих сыновей. Неожиданно она поняла, что больше боится за Вову, и страх этот был новый, звериный: он гулко заурчал в животе и тяжело, словно мешок с зерном, опустился на плечи. Её прервали Юрка и Ванечка — и Мария Никитична присела на диван, надела очки и зачиталась правилами игры. Когда она снова подошла к окну, ни Вовы, ни Игоря во дворе уже не было, и она почувствовала, как страх закружил внутри песчаной бурей, поднял болотный запах тины и взметнулся вверх, к самому горлу.

— Наташка, я сбегаю посмотрю, где Вовка с Игорем.

— Не переживайте, мама! Они сами разберутся!

— Неспокойно мне что-то, побегу, может, к вам пошли?

— Ну, хорошо, идите, я тут поубираюсь, вернётесь — чай пить будем.

Мария Никитична на ходу накинула старую куртку и быстрым мелким шагом, удерживая себя от бега, пошла в сторону «чыгункі», где на другом конце деревни жил Вова. Этот дом она, потратив все накопления и одолжив деньги у брата, купила сыну на свадьбу. Вовка тогда ещё не пил, поэтому на подаренные свадебные деньги сделал добротный ремонт. Раньше Мария Никитична приходила сюда каждый день: приносила молоко, играла с внуками, помогала с огородом, просто сидела на лавочке и разговаривала с сыном и невесткой. Потом она стала приходить реже, и каждый раз, когда открывала ярко-голубую дверь в веранду, дом, скрипя отошедшей половицей, нашёптывал ей о Вовкином пьянстве.

Калитка была закрыта на белую дужку, насаженную на столбик забора. Мария Никитична нехотя заметила обвалившуюся ещё в прошлом году теплицу, вздохнула и подошла к двери дома. Веранду Вовка по привычке не закрывал, на двери даже места для замка не было: была старая клямка, которую Наташка просила заменить, но Вовка, любитель деревенской старины, сопротивлялся. Мария Никитична взялась за холодную ручку, большим пальцем нажала на язычок клямки и потянула дверь на себя.

В веранде пахло грязными резиновыми сапогами, заношенной рабочей курткой и сопрелой картошкой. Мария Никитична подёргала закрытую на замок дверь в хату и на всякий случай позвала:

— Вова! Игорь!

Ей никто не ответил, и она закружила по закоулкам памяти, стараясь вспомнить любимые места сыновей, но вдруг подумала про Саню Шуркало и решила бежать к нему. Обрадовавшись новому плану, она почти переступила порог веранды, как в самом углу, на табуретке, рядом с прошлогодней проросшей картошкой, увидела пластмассовое ведро, на боку которого большими буквами кричаще было написано «КРАСКА ФАСАДНАЯ. БЕЛАЯ». На полу стояла поллитровая банка с водой и кисточкой. Мария Никитична нагнулась и прочитала написанную собственной рукой этикетку: «Яблочное, 2019». Она присела на деревянный порог веранды и прижала голову к коленям.

— Мам, ты чего? — раздался Вовин голос.

Мария Никитична не шелохнулась.

— Фашист пишется через «и», — выдавила она из себя.

Вова молчал. А потом совсем тихо, по-детски промямлил:

— Я па-беларуску пісаў...

октябрь 2022

Дети, кухня, церковь

Этот субботний день начался у Лены, как всегда, с блинов. Илья помощи матери уже предпочитал подростковые игры на телефоне, а вот четырёхлетний Антон с удовольствием готовил тесто и помогал снимать блины со сковородки.

— Антошка, иди зови папу завтракать, — и сын быстро побежал на балкон, где Саша уже вторые выходные пытался собрать гимнастический уголок.

Есть не хотелось, но Лена заставила себя проглотить три блина и выпить кружку какао.

— Значит, так: ужин (курица, винегрет и пюре) — в холодильнике, в морозильнике — замороженные обеды и ужины, должно хватить дней на десять, потом закупитесь сосисками, пиццу закажете.

— Если надо будет, разберёмся!

Сашин голос даже после шестнадцати лет брака звучал уверенно и твёрдо. И Лене вдруг захотелось остаться дома, сидеть на диване в обнимку с мужем, пить чай и смотреть какой-нибудь скандинавский сериал, полностью отдавшись поиску серийного убийцы.

— Вот и хорошо. Я — краситься и одеваться.

В ванной Лена посмотрело в зеркало и натянуто улыбнулась. Она быстро накрасила ресницы, подвела брови и припудрилась. Затем сняла часы, браслет и серёжки, аккуратно сложила всё в шкафчик.

На кровати лежала приготовленная с утра одежда. Лена надела двое трусов, натянула красные брюки, белую блузку, положила в карман старый кнопочный телефон.

— Так нормально? — уже стоя в коридоре, спросила она Сашу.

— Очень даже!

— Я готова, — сказала Лена, завязывая шнурки на кроссовках. — Илья, Антон, целоваться и прощаться не будем, слушайтесь папу, он скоро приедет, а я — попозже! — она попыталась перекричать телевизор.

— Пока, мам!

В машине никто не хотел заговаривать первым, и Лена смотрела на полупустые городские улицы и пыталась придумать тему для короткого разговора.

— В общем...

— Ленк, правда, не надо. Звони мне в любом случае, ну и когда закончится всё, тоже звони — я сразу же приеду.

— Я те-бя люб-лю, Саш-ка, — разбивая фразу на слоги, произнесла Лена.

— И я тебя, заяц! Удачи и — ни пуха ни пера!

— К чёрту!

Лена вздохнула с облегчением, когда на другой стороне площади увидела людей. Она быстро спустилась в переход и подошла к ларьку с цветами. В серых пластмассовых вазах на цементном полу стояли синие анатомические ирисы, оранжевые, в леопардовую крапинку, лилии, строгие жёлтые розы и множество других сиренево-фиолетовых цветов.

— Из красно-белых осталась только орхидея, — раздался прокуренный голос продавщицы. — Пятьдесят рублей.

Лена стала быстро перебирать глазами цветы в ларьке, пытаясь найти хоть что-то подходящее и не такое дорогое.

— Ладно уж, бери за двадцать, по себестоимости. Может, и измените что-нибудь, а то достало уже!

Лена положила двадцать рублей на блюдечко, взяла орхидею, сказала: «Спасибо», и пошла наверх.

Наверху, в неровной линии, огибавшей клумбы, газоны и скамейки, стояли женщины и девушки. Совсем юные, с рюкзаками за плечами, молодые, в брендовой одежде, постарше, ухоженные, и красивые пожилые. Все одеты в красно-белое, с такими же хризантемами, гвоздиками, розами. За их спинами уверенно поднимался Красный костёл.

Лена, словно одиночный квадратик из тетриса, органично вошла в живую линию и стала одной из матерей, жён, дочерей, сестёр, бабушек. Она не знала, что делать с орхидеей в горшке, и просто поставила её перед собой на площадь. Девушка с кудрявыми волосами опустилась перед цветком на колени и повязала на ствол красную ленту.

Оркестр из разных голосов и фраз закружил Лену.

— Может, школу поменяем. Но не очень хочется его дёргать — всё-таки десятый класс...

— Пенсию вчера всю с карточки сняла. Купила 50 долларов, остальное — на жизнь...

— Я к нему на пары не хожу. Не знаю, как зачёт сдавать буду...

— А эту слышала? Отбить парня — это не стыдно, это почётно!..

— Я из Ганцевич приехала, на электричке. У тётки остановилась, сказала, что по магазинам...

И тут грянуло: «Жыве Беларусь!», и все подхватили:

— Жы-ве Бе-ла-русь! Жы-ве Бе-ла-русь!

Орхидея, словно дирижёр, стояла перед женским хором, и Лене показалось, что её цветки кивают в такт лозунга.

А потом внезапно наступила тишина. Как перед очередной бомбёжкой в книгах про войну — пронзающая до костей тишина. И среди этой тишины Лена и все стоявшие в цепи словно по команде «Равняйсь!» повернули головы направо. Со стороны Дома правительства в полубеге на них двигалась чёрная колонна омоновцев в полной экипировке.

— Становимся в сцепку! Держим сцепку! — раздалось со всех сторон.

Лена схватила свою орхидею и превратилась в звено цепи. Руками, крепко сжатыми с обеих сторон, она учуяла силу и в то же время животный страх. Электроды страха проходили через позвоночник, перебирали каждую косточку её организма и сквозь пальцы находили выход в горшке с белой орхидеей.

Чёрные «космонавты» в двух метрах от Лены сформировали параллельную линию и, словно их кто-то перестал дёргать за верёвочки, остановились. Напротив Лены стоял омоновец с большими карими глазами и длинными чёрными ресницами, он напоминал Лене двоюродного брата, с которым она не общалась уже больше месяца, с начала августа. Омоновец пялился на Лену и на её орхидею. А Лена смотрела ему в глаза и представляла, что он чей-то сын, муж, брат, отец и сегодня он придёт домой. Она пыталась увидеть в его глазах страх, отчаяние, раскаяние, но, кроме темноты, не находила там ничего. И темнота эта порождала бессилие и забирала веру, и Лена ещё крепче сжимала свою орхидею. А потом она увидела, как омоновец усмехнулся, сначала глазами, а потом и рот разошёлся в усмешке, после чего он прошептал, и Лена смогла прочесть по губам: «Су-ка».

И в этот момент Лена разорвала сцепку и, сильно сжав горшок с орхидеей обеими руками, занесла его над головой и швырнула в омоновца с большими карими глазами. Она видела, как орхидея ударилась о его шлем, видела, как во все стороны разлетелся горшок, земля и галька. Лена не успела углядеть, как на площадь упала белая орхидея, — в это время она изо всех сил мчалась в сторону костёла. Она вбежала в открытые двери, пробежала костёл насквозь, опустилась на колени перед алтарём и вслух стала шептать молитву:

— Отче наш, Иже еси на небесех! Да святится имя Твое, да приидет Царствие Твое, да будет воля Твоя, яко на небеси и на земли...

Лена услышала, как к ней подбегают сзади, и закрыла голову руками.

апрель 2021

Родина

В деревне все называли его Родиной, никто уж и не помнил его настоящего имени: казалось, Родиной он был всегда. Кличка эта проросла после того, как он пришёл из армии. Тогда, рассказывая свои афганские истории, после каждой второй фразы он добавлял: «Родина, ёбтыть». Сначала все смеялись, а потом прозвали его Родиной и успокоились.

С тех пор в жизни Родины произошло многое: он женился, родил сына, перебрался в родительский дом, доставшийся ему по наследству, похоронил жену, выучил сына в институте и запил. Сегодня, в свой законный выходной, Родина неподвижно лежал у стены магазина «Продукты». Бутылка чернила, которую он выпил вместе с Саньком, закружила его и увлекла в жаркое афганское нагорье. Но даже во сне Родина не мог стоять на ногах и всё время падал в горячий песок в ноги окруживших его духов. Проснулся Родина поздним вечером, огляделся, узнал сумеречные очертания родной деревни, потрогал свои мокрые штаны, выругался и поплёлся домой.

Утром в окно судорожно застучали:

— Родина! Родина!.. Открывай!..

Родина вскочил, не понимая, в какое окно стучат, быстро натянул скинутые на пол вчерашние мокрые штаны, отодвинул защёлку и выбежал на улицу.

Соседка уже захлёбывалась, приговаривая:

— Васька твой повесился... В Минске... В парке каком-то... Виталя мой позвонил...

И тогда, глядя на растрёпанную, заплаканную Степановну, Родина схватился двумя руками за голову, присел и заскулил:

— У-у-у-у-у-у-у-у-у-у!

Ваську Родине отдали только через несколько дней, рано утром. Он верёвками привязал гроб к бортам колхозного ГАЗа, а потом ещё шесть часов молча смотрел в окно, периодически спрашивая шурина, не сменить ли его за рулём. Но шурин отмахивался и давил на педаль.

Когда Ваську заносили в хату, там уже хозяйничали женщины: они всё прибрали, вымыли и приготовили лавку, на которую и поставили гроб. Шурин с какими-то мужиками снял крышку, и тогда все разом ахнули, запричитали, заплакали, а Родина опустился на табуретку у изголовья сына и прошептал:

— Вот и привёз я тебя домой, сынок...

Васька лежал в гробу в новом чёрном костюме и в белой рубашке с галстуком. Родина смотрел на сына, на его уже мёртвые волосы, на закрытые глаза, бледные губы, ввалившиеся щёки, заострившийся подбородок, и на мгновение ему удалось забыть про гроб, потому что он вспомнил, как однажды семилетний Васька, с разбитой губой, рыдая, прибежал с улицы и закричал:

— Папа! Папа! Дьяченко меня ударил! Иди побей его!

А Родина тогда приложил к губе сына обмотанный полотенцем кусок мяса из морозильника и сказал:

— Ты сам должен научиться себя защищать.

К обеду Родина вместе с соседом пошёл к батюшке. Дверь открыла младшая дочь священника, позвала отца, и тот, странный, в домашнем свитере и тапках, вышел на крыльцо.

— Упокой, Господи, душу усопшего раба твоего Василия! — произнёс батюшка своим громогласным голосом.

Родина замялся, не зная, что ответить и отвечать ли, а потом благодаря какой-то генной памяти вспомнил, как бабушка, когда он ещё был маленький, всегда кланялась батюшке, поклонился.

— Это... — начал Родина, распрямляясь. — Завтра сына хоронить буду. Отпеть бы надо в церкви. По-человечески. Убили его...

Родина выбросил эту фразу в тихий августовский деревенский вечер и поглядел батюшке в глаза. Батюшка, не отводя взора, произнес:

— Завтра в двенадцать.

Родина засуетился, на мгновение снова превратился в прежнего юркого маленького человечка с бегающими глазами, потом стал задыхаться и попытался что-то сказать:

— Да-а-а... я-а-а... не-э-э...

Но батюшка обнял его, крепко прижав к своему выпирающему животу, и сказал:

— Господь тебе поможет, Василий!

И тогда Родина задрожал и впервые после стука в окно заплакал.

Полночи Родина просидел на табуретке, то и дело он проваливался в дрёму и где-то вдалеке слышал голос двоюродной сестры, читающей Псалтирь. Потом открывал глаза, смотрел на сына, моргал, выходил курить и снова возвращался на свой пост.

Утром стали приезжать машины и микроавтобусы. К Родине подходили люди, представлялись друзьями сына, однокурсниками, коллегами или просто высказывали соболезнования и, смущаясь, оставляли на краю стола конверты. Когда из дома вынесли гроб с Васькой, на узкой деревенской улочке всё было уставлено машинами и людьми. Родина смотрел вокруг и видел цветы, венки, флаги, народ... До церкви было около километра, но Ваську решили нести на руках. Родина шёл за гробом и всё время поворачивал голову назад, пытаясь разглядеть конец похоронной процессии, но даже в дверях церкви он его так и не увидел.

Когда гроб вынесли из храма и направились в сторону кладбища, к Родине подбежал участковый.

— Родина, — прошептал он, но тот никак не отреагировал. — Родина! — громче и резче крикнул участковый и дёрнул Родину за рукав пиджака.

Тот повернул голову, невидящими глазами взглянул на участкового и процедил:

— Василий Васильевич.

— Что? — переспросил участковый.

— Никакой я тебе не Родина, я — Василий Васильевич, понял?

августа 2021

Если бы люди могли говорить

Дорогие мои соотечественники, уважаемые гости Беларуси, через несколько минут 2021 год станет ещё одной пере...

— А где Колян с Натахой?
— Где-где! Трахаются наверху! Послушай!..
— Бля, не могли дождаться боя курантов!
— Как Новый год встретишь — так его и проведёшь! Я, кстати, тоже не против. А, Машк? Может, сходим на пять минут? Ещё успеем до Нового года! Да чего ты дерёшься?!

Эту историю пишем мы. Реализуя задуманное, воплощая мечты, рожая детей, создавая...

— Да тихо вы! Дайте послушать человека!
— Максим, если хотите играть, идите в дедушкину комнату!
— Ма-а-ам! Мы тут хотим!

— Тогда тихонько! Бабушка смотрит телевизор!

— А после новостей можно мы тут поиграем?

— Это не новости, это поздравление с Новым годом! Посидите тихонечко, уже почти двенадцать, встретим Новый год — и будете играть.

Я говорю спасибо всем, кто прожил каждый день уходящего года с любовью к людям и родной земле, уважением к памяти...

— Можа, хлеба яшчэ падрэзаць? Мала нарэзала.

— Сядзі ўжо! За́ра встрачаць будзем!

— Галя, мабыць, не дазвоніцца! А мо праб'ецца?

— Мо!

— Мне многа не налівай!

Вам, крестьянам и рабочим, врачам и учителям, людям в...

— А мама тоже сейчас Новый год встречает?

— Вряд ли, она сейчас, наверное, спит.

— Саша!

— Мам, ребёнок должен знать и жить в реальном мире.

— Пап-пап! А к маме Дед Мороз придёт?

— Если ей отдали посылку, то придёт.

— А как он через решётку пролезет с таким большим мешком?

— А он через трубу!

— И его там не арестуют?

— За что же его арестуют?

— За несак... несам... неса...

— Несанкционированное?
— Да! Не-сакцы-анир-ванае мероприятие!

Именно так, кропотливо, день за днём, вот уже 30 лет строится и расцветает наше...

— Ничего такая трава!
— Да я тебе говорю: у Дамира всегда хорошая! Я как-то брал у Гарика — прибивает конкретно, депрессуха накрывает, прям сидишь — и в стену смотришь. В чём кайф — непонятно. По цене — одно и то же, но вообще не для меня! Может, кому и нравится, но по мне — депресняк депресняком! Чё ты ржёшь?
— Бля, ты так умно про это говоришь, как будто лекцию по философии читаешь!
— А прикинь, предложить Сапеге тему курсовой или даже дипломной — «Философская проблематика обкуренного сознания»!
— Бля-а-а! Или так: «Сравнительный философский анализ произведений Дамира и Гарика»!
— Бля-а-а!

И согласитесь, оглядываясь в начало 90-х, нам есть чем гордиться. Мы построили современную стабильную и успешную страну. Вопреки вызовам времени уверенно ставим...

— Сто рублей на коммунальные, телефон и интернет отдала.
— Всё подорожало: и молочное, и мясное. Я варёную колбасу сейчас беру, остальную — только на праздники.
— Зося передаёт картошку, морковку, свёклу, яблоки — этого ничего не покупаю.

— И мне всё время передаёт. Я и ругаюсь, но — спасибо ей!

— Раньше ещё получалось хотя бы 50 долларов купить, а сейчас — всё впритык. И особо ничего не беру: хлеб, молоко, крупа. Сколько мне надо?

— В новом году обещали пенсии повысить...

Спокойно, без суеты растим хлеб, учим детей, боремся за здоровье нации, создаём уют и комфорт в городах и сёлах, внедряем...

— Миша, может, хватит?

— Сча встретить н-н-надо!

— Куранты ещё не пробили!

— Я готовлюс-с-с, бл-л-ля!

— Не наливай до краёв!

— Тебе водки ж-ж-жалко, а? На Н-н-новый год, бл-л-ля? Жалко, а? На! П-п-пей! С-с-сама пей, с-с-сука! Ж-ж-жалко ей!

И мы немало за этот год сделали. По...

— Никита, встретим Новый год, попросишь у Деда Мороза подарки и пойдёшь спать.

— Ну ма-а-ам!

— Завтра рано вставать: смотреть, что под ёлкой лежит!

— У-у-у... А папа завтра заедет?

— Должен заехать, обещал.

Всё это — результат вашего труда, вашей самоотдачи и ответ тем, кто не хочет видеть на карте мира наше молодое независимое государство. Но оно будет. Ещё и потому, что...

— Говно! Переключай на Путина!

Мы всегда будем благодарить...

— Они хорошо живут. Дом построили, машину в салоне купили, при портфелях. Дети — в гимназии. Отдыхать каждый год ездят.

— Да, деньги и связи есть, а что ещё надо?

— Мать он свою периодически в президентскую больницу направляет: провериться, прокапаться.

— Ой, мне тоже надо анализы сдать, уже после праздников пойду.

— Ковидников вроде на Пинск отправляют, так что наша больница чистая.

Болью и гордостью будут отзываться в наших сердцах имена...

— Окси приглашает сейчас приехать, у них тусовка в Боровлянах.

— Мы уже выпили.

— Можно вызвать такси.

— Спроси, кто там у них.

— Пишет, что все.

— Блин! А если там Макс?

— Сейчас спрошу, она никому не расскажет.

— Мусь, я не хочу никуда ехать, давай вместе встретим, как и планировали?

— Му-у-уся, ску-у-учно... Макса — нет!

— Уф-ф-ф, ладно, вызывай такси.

Мы будем воспитывать сыновей на памяти...

— М-м-м-м, м-м-м-м, баю-баюшки-баю,

Не ложися на краю,

Придёт серенький волчок,

Поцелует за бочок.

Господи, спи же ты, спи. Хотя бы десять минут. Желание загадать хочу, по-человечески Новый год встретить хочу. Спать хочу.

М-м-м-м, м-м-м-м, баю-баюшки-баю...

Все они — ровесники нашей независимости. Сильные, смелые, любящие...

— Хорошэ́ гово́рыть!

Они стали в один ряд с...

— Не ори на меня, придурок!

— Сама дура! Кто на тебя орёт?! Кому ты вообще нужна?!

— Ненавижу тебя!

— А кого любишь? Своего Сидорчука??

— Ну ты и идиот!

— Я не идиот! Там было чётко написано: «Целую!»

— Да он так по приколу написал!

— Ага! По приколу! Перепихнулись вы тоже по приколу?

— Блин, я вызываю такси и еду к маме!

— Алло, сынок? Ты? Да кто его знает, просто каждый раз с разных номеров звонишь. Ну как ты? Да мы уже почти встречаем. Вам ещё два часа ждать. Как работа? Друзей нашёл? Поляки или наши? Хорошо. Да я нормально, выхожу мало, только в парк на прогулки. Нет, не звонили. Люди сейчас праздниками заняты. Я тоже не звоню, чтобы не мешать. Ну, сыночек, не трать деньги! С Новым годом тебя! С новым счастьем! У меня одно желание в новом году — с тобой встретиться! Сейчас отца дам!

— Давайте летом все вместе поедем в поход! На Припять! На несколько дней с палатками, с рыбалкой!
— С детьми?
— С детьми! Пусть хотя бы узнают, что такое поход!
— Данила! Данила!!
— Чё?
— Хочешь в поход?
— Сейчас??
— Ну куда сейчас? Летом! С палатками, с рыбалкой, на Припять!
— Ну, можно...

— Да это он сейчас так говорит, главное — поехать! У меня есть чуваки, которые занимаются организацией с нуля...

Беларусь помнит уроки прошлого. Поэтому в уходящем году мы вместе возродили традицию...

— Не, я полежу.
— Съешь чего-нибудь! Может, «шубу» будешь?
— Не могу! Да и толку: ни вкуса, ни запаха не чувствую. Пойду полежу.
— Если нужно что — зови!

День...

— Выключай!
— А как Новый год встречать?
— Я на телефоне обратный отсчёт поставлю — и встретим! А это — выключай!
— Лёша, давай по-людски встретим!
— Я сказал: вы-клю-чай!

Это наша земля, это наша судьба, это наша история, и только мы будем её вершить...

— Господь всё видит! Каждый будет перед ним отвечать!
— Мам, ну что ты такое говоришь? Как будто угрожаешь!
— Я не угрожаю! На всё воля Божия! Бог всем воздаст за их заслуги!
— Я вообще не пойму, про кого ты. Про нас?

— Про всех! Сказано в Библии: «Всякая душа да будет покорна высшим властям, ибо нет власти не от Бога».

— Да что ж это такое!

Ставя перед собой новые цели, мы знаем, что не в наших силах всё предугадать, но в нашей власти в наступающем году определить для себя главное. Это то, что должно быть в памяти поколений и в сердце каждого, это...

— А картошку пробовали? Я с пармезаном её запекала.

— Лена, всё очень вкусно!

— А салат с виноградом как вам? Майонез — домашний, сама делала!

— Да ты что?? Я даже не знала, что майонез можно сделать в домашних условиях!

— Так-то, Светик, учись!

— Вот ещё бутерброды со шпротами на чёрном хлебе! Хлеб сама пекла.

— Ну ты, Ленк, даёшь! За тебя мужики до крови драться должны!

В ней сегодня мы черпаем мудрость, опыт и веру в себя. Поэтому 2022 год станет Годом...

— Да выключи ты, наконец, свой телефон! Целыми днями с кем-то переписывается!

— Я общаюсь.

— А с нами пообщаться не хочешь?

— Я и с вами общаюсь.

— Нет, ты весь вечер сидишь в телефоне!

— Это тебе как-то мешает?

— Это раздражает!

— Значит, у тебя проблема, меня это не раздражает.

— Господи, Катя, как ты с отцом разговариваешь? Тут и бабушка сидит, и твой младший брат!

— Ты так называемого президента упомянуть забыла.

— Катя!!!

— Всё-всё! Выключаю телефон, общаюсь с вами, слушаю Рыгорыча и как положено встречаю Новый год!

Дорогие белорусы, от нового, 2022 года нас отделяют считанные секунды. Они несут нас в будущее с...

— На хуй пошёл!

Каждый сейчас вспоминает самые эмоциональные мгновения уходящего 2021 года.

— Завтра все магазины будут закрыты?

— Да, выходной день.

— А второго января?

— Откроются, а ты куда хочешь сходить?

— Как обычно: в универмаг, «Свитанак», «Марк Формэль», косметики купить.

— Должны работать.

— И российские мне нужно будет поменять.

— Это уже только в понедельник, когда банк откроется.

Мы благодарим его за всё хорошее, что с нами случилось, за опыт, который приобрели, за любимых, родных и близких, которые были опорой в трудные, радостные и счастливые дни.

— Я хочу выпить за мир! Чтобы у нас никогда не было войны! Чтобы наши солдаты никогда не воевали! Чтобы над нами всегда было мирное небо!
— За мир во всём мире!
— Миру — мир!
— Труд, мир, май!
— Мы — за мир!
— За мирное небо над головами!
— Ну, вздрогнем!

Это и есть самое бесценное богатство, залог того, что всё задуманное нами, наши лучшие ожидания и надежды исполнятся...

— Я всё-таки за водку! Коньяк — это сугубо буржуйский напиток.
— Водка — для пролетариата.
— Водка — это уже часть нашей культуры, традиция. Вот вспомни детство: на всех праздниках, на всех, как говорят у нас в деревне, «причинах» всегда на столе была водка. Шампанское — только на Новый год или около роддома, коньяк — у начальства в кабинете.
— Это да, но такие традиции я бы поменял. Как вспомню, как отец пил! Сосед! Вообще, вся деревня моя сейчас спилась! Вымерла и спилась! Поэтому я — за коньяк.
— Ну так образовывать народ надо! Учить пить! Чтоб люди не пили под магазинами!

Главное, чтобы все были здоровы, на нашей земле был мир, а в ваших семьях царили согласие, счастье и любовь.

— Мам, бабушка вроде зовёт.

— Ой, Господи. Иду-у-у! Ну что тут? Подгузник поменять? Сейчас, мам, сейчас. Всё сделаем. Даст бог, новый год встретим в чистоте и порядке. Что ж это так? Вроде и в туалет ты сходила в девять. Ну, ничего, бывает. Сейчас, моя хорошая, потерпи немножко. Вот всё вытрем. Ничего страшного, не переживай. Вот и всё! Теперь можно и под венец!

Поздравляю вас с праздником, с новым, 2022 годом.

февраль 2021

Никто

8–9 апреля 1967

Пить Геннадий так и не научился. Он с завистью смотрел на двоюродного брата Лёню, который своей рукой-ковшом брал стакан, изящно опрокидывал портвейн в рот, медленно подносил к носу кусок хлеба, глотал его запах и продолжал рассказывать про посевную. Геннадий так не умел, но очень хотел поднатореть, потому что три недели назад он вступил в должность. И он высасывал портвейн большими глотками, чуть ли не захлёбываясь, до клокота в горле, потом со стуком опускал стакан на стол и рукавом заношенной кофты вытирал кроваво-бордовые капли с подбородка.

— Не, канадцев мы всё-таки надрали! Я вначале, конечно, поволновался, но Толик Фирсов такую шайбу забил! Талант! Я бы, Лёня, тоже в хоккей играл! Если бы родители отдали в спортивную школу... Эх!.. Давай лучше выпьем! Наливай!

Лёня послушно взял бутылку и на три четверти наполнил стаканы.

— Ну, Гена, за хоккей!

— За хоккей! — повторил Геннадий и, зажмурившись, выпил.

Он чувствовал, что уже опьянел, с подступающей тошнотой поглядывал на оставшийся портвейн в бутылке и налегал на закуску.

— Лёнь, ты тоже ешь, — смачно чавкая, сказал Геннадий своему товарищу. — Вон колбаска свежая, сегодня только взял, и «Докторская» и... — он запнулся на слове «сервелат» и добавил, указывая рукой на тарелку: — такая тоже!

Лёня лениво наколол вилкой несколько кусков толсто нарезанной колбасы.

— И где ты её достаёшь, колбасу-то эту? Я уж не помню, когда последний раз жена попадала на неё.

— Ну, Лёнь, мне положение обязывает колбасу доставать.

Геннадий гордился своей новой должностью заведующего отделом культуры горисполкома и тем, что она распахивала перед ним складские двери продовольственных и промтоварных магазинов. В первую неделю после назначения он ещё стеснялся, старался пройти незамеченным, думал, как бы не встретить знакомых или родственников, а потом привык: шутил и заигрывал с продавщицами, выходил из подсобки не спеша, демонстрируя полную авоську продуктов.

Геннадий потянулся за кувшином с водой и в окне увидел пританцовывающего парня.

— Глянь! Напьются, а потом шастают у всех на виду!

Лёня приподнялся со стула и посмотрел на улицу.

— Ну ничего! Скоро эту конторку прикроют! — язвительно сказал Геннадий.

— В смысле? — спросил Лёня, снова нанизывая на вилку кусок колбасы.

Геннадий переложил нарезанный прямоугольниками хлеб с лежащей на столе газеты, развернул её и зачитал:

— Во-о-от... Сегодня в Президиуме Верховного Совета РСФСР рассматривают указ «О принудительном лечении и трудовом перевоспитании злостных пьяниц». Скоро для алкашни вроде этого, — Геннадий кивнул головой в сторону окна, — будут создавать специальные учреждения — ЛТП. Лечебно-трудовые профилактории. И всех алкоголиков, которые нарушают трудовую дисциплину и мешают мирной жизни советского населения, будут туда отправлять на принудительные лечение и работу!

— Да-а-а, — многозначительно протянул Лёня и взял бутылку в правую руку.

Портвейн неприлично забулькал.

— Ну, за СэСэСэР! — сказал Лёня и быстро выпил.

— Я, Лёня, этих алкоголиков-тунеядцев ненавижу просто! Ходят, маячат, сигареты клянчат! Да иди работай, блин!

Лёня достал пачку «Беломора».

— Э, давай лучше выйдем на площадку — моя не переносит, когда в квартире накурено.

Геннадий встал, убедился, что портвейн не ударил по конечностям, и направился за шагающим, словно на демонстрации, Лёней. На площадке на полу стояла большая консервная банка из-под селёдки, наполовину заполненная окурками.

Лёня молча закурил. Геннадию хотелось разговаривать.

— Вот взять бы Сашку, моего одноклассника. Сам из семьи рабочих. Посмотрел, как батя и мать пашут, и решил, что лучше жить без завода. В общем, поступил в мореходку. Сейчас за границей бывает. В прошлый раз на Кубу плавал. А так бы сидел тут, от звонка до звонка на станке пахал, а после работы пьянствовал. Рабочий класс, блин! Мозгов — ноль. Никто никуда не стремится! Все только и ждут, когда придёт коммунизм. Вся надежда — на светлое будущее! И, знаешь, Лёнь, мне вот их вообще ни капельки не жалко. Потому что они сами себе такую жизнь выбирают!

Дверь в подъезд с шумом распахнулась, и в дом вместе с вечерней прохладой ввалилась песня:

— Поднялся рассвет над крышей,

Человек из дома вышел

Поглядеть на жизнь поближе...

Вслед за песней, бережно переступая порог, вошёл молодой парень, которого Геннадий видел в окне. Выражение его лица, то, как он двигался, серая куртка и по-франтовски опущенная на затылок чёрная кепка — всё указывало на принадлежность к рабочему классу города Слуцка. Парень посмотрел наверх и с акцентом выпившего человека сказал:

— Мужики, дайте закурить!

Лёня полез было в карман за сигаретами, но Геннадий оказался проворнее:

— Не курим! Иди отсюда, нечего шастать по чужим подъездам!

Парень поднялся на площадку.

— А ты тут живёшь, да-а-а? — спросил он, вызывающе глядя на Геннадия.

— Да! А ты — нет!

— Откуда знаешь?

— Я всё знаю!

— Бдительность — одно из важнейших условий победы над врагом! — парень ближе и ближе подходил к Геннадию, и последние слова он уже говорил ему прямо в лицо, дыша перегаром и квашеной капустой.

— Отойди от меня, козёл! — Геннадий толкнул парня, тот не устоял на своих тонких ногах и рухнул на лестничную площадку. Тут же его вырвало, и смесь наполовину переваренной перловки и желудочной слизи попала на новые югославские тапочки Геннадия.

— Ах ты, скотина! — Геннадий поднял за шиворот парня и пнул его ногой в заблёванном тапочке. Тот с грохотом покатился с лестницы, и его голова гулко стукнулась о последнюю ступеньку. Геннадий с Лёней переглянулись, Лёня выбросил давно догоревший окурок «Беломора» прямо на площадку и, не торопясь, подошёл к парню. Тот лежал и как будто что-то напевал.

— Ничего, выживет! — тоном знатока сказал Лёня. — Давай только его в парк отнесём — на свежем воздухе очуняет и к ночи домой пойдёт.

Могучий Лёня, словно на свадьбе, поднял на руки худого парня и вынес его из подъезда. Геннадий, в тапочках, семенил за ними с рабочей кепкой в руках. Лёня положил бормотавшего хлопца на первую в парке скамейку, куда с порывами ветра доносились брызги фонтана.

— Блин, достала эта пролетарская алкашня! Пьют самогонку, а потом к приличным людям пристают! — сказал Геннадий и нахлобучил кепку парню на голову.

В квартире Лёня молча разливал оставшийся портвейн, потом поднял стакан и торжественно сказал:

— Ну, за интеллигенцию! — выпил, закусил серvelатом и добавил: — Надо бы ещё сгонять за бутылкой.

Геннадий оживился, засуетился и торопливо зашептал:

— У меня армянский коньяк есть! Самый настоящий! Берёг для особого случая!

Наталья, запыхавшаяся, с растрепавшимися из-под косынки волосами, широко распахнула дверь и вошла в прибранную квартиру.

— Ге-на! — крикнула она от двери.

Геннадий вскочил с кровати, отгоняя послеобеденный похмельный сон.

— Ну, здравствуй! — сказал он, поцеловав раскрасневшуюся Наталью.

— Разбирай сумки, там свежина, картошка, яйца.

Геннадий отнёс неподъёмные хозяйственные сумки на кухню и стал выкладывать на стол деревенские гостинцы.

— Ой, в парке же парня какого-то убили! — крикнула из коридора Наталья.

— Поножовщина? — спокойно спросил Геннадий.

— Вроде нет, избили, говорят, ещё вчера до смерти и оставили умирать на скамейке.

— Алкашня! — сказал Геннадий, доставая из сумки завёрнутую в газету немного кровящую мякоть. — Как съездила? Как мать? Отец?

11–12 ноября 2020

Они одновременно подняли рюмки и выпили. Николай на мгновение задержал дыхание и быстро потянулся за прошутто. Димон немного передёрнулся, словно пятилетка от принимаемого лекарства, и захрустел маринованным огурцом. Водка шла хорошо: на долю секунды обжигала глотку, а потом приятно, по-домашнему, по-родительски согревала изнутри.

— Не, они не отменят чемпионат мира! Европа, блядь, — это бюрократия! Представь, сколько всего нужно сделать: бабло нам вернуть, мерч и рекламу поменять, найти, утвердить и подготовить новое место. Да у европейцев на такое, блядь, годы уходят! Ну, и наш главный козырь — Рене Фазель. Он на нашей стороне. Пригласим, примем как надо! Ну, ты понимаешь. Так что давай выпьем за чемпионат мира по хоккею в Беларуси! Наливай!

Димон послушно взял бутылку, налил каждому по рюмке:

— Ну, Коля, за хоккей!

— За хоккей! И за победу! — повторил Николай и, зажмурившись, выпил.

Он громко стучал вилкой по тарелке, накалывая кусочки мяса, со спортивным интересом поглядывал на оставшуюся в бутылке водку и ещё больше налегал на закуску.

— Дим, ты тоже закусывай, — ещё не до конца прожевав, сказал Николай. — Всё мясо — натуральное, без добавок. Огурцы и грибы тёща мариновала, так что за качество лично отвечаю!

Димон пальцами подхватил несколько кусочков полендвицы.

— Ты мне лучше скажи, где ты эту водку, бля, берёшь? Пьётся — как криничная вода!

— Да в «Усатой синице» всё! Её в открытом доступе не купить. Ограниченная партия и всё такое. Ну, ты понимаешь, водка «Президент» — самая, бля, лучшая в Беларуси, сделана по указу самого батьки!

Николай гордился своей исключительностью и возможностью в любой момент заполучить столик в «Усатой синице». Он чувствовал себя там своим и каждый раз самодовольно улыбался, когда официант называл его по имени-отчеству, радовался вопросу «Как обычно?» и, чтобы ощущать себя ВИП-клиентом до конца, всегда оставлял приличные чаевые.

— Я не знал, что там алкашку продают, — сказал Димон.

— И алкашку, и блядей, и баньку с массажем организуют — всё, что хочешь!

Димон потянулся к бутылке, Николай пододвинул к нему свою рюмку. Они молча выпили и снова захрустели тёщиными дарами.

— Хата — ничего, — сказал Димон, оглядывая кухню.

— Да это, можно сказать, конспиративная квартира. На всякий случай. Купил, потому что условия хорошие были, друг строил, да и район неплохой. А теперь вот змагары, блядь, тут обосновались, так вообще удобно получилось.

— Это да! Прикинь, сидишь, бля, наблюдаешь в окно, можешь даже в их дворовый чат вступить, — усмехнулся своей сообразительности Димон.

— Да ну на хер! Их как почитаешь — такое чувство, что тебя зомбируют! Я лучше периодически сюда выезжать буду, посижу, выпью, поговорю с хорошим человеком, а потом выйду и поставлю на место тех, блядь, кто захотел перемен.

— Бля, эти хотелки перемен достали, чесслово! Ты глянь: квартир накупили тут, в центре города, и им ещё чего-то не хватает! Перемен, блядь! Явно же: бабло есть. Нет, бля, им перемены подавай!

— Наша возьмёт, Димон! Они кто? Они — НИКТО, бля! Обслуживающий персонал, бля! Офисный планктон! Будут жить так, как мы, блядь, скажем! Давай наливай!

Раздался шаблонный звонок айфона, Николай посмотрел на экран.

— Моя звонит!.. Да, зая, привет! Да к Димону заехал. Димон, поздоровайся с Сашенькой.

— Привет, Саш! — прогудел Димон.

— Скоро буду. Может, через часик. Малые спят? Ну хорошо! Целую!

Николай положил телефон на стол.

— Да-а-а, семья, Димон, — это, бля, самое главное! Я тебе даже такую крамольную мысль скажу: семья важнее Родины и всего вот этого! — Николай провёл рукой в воздухе, очерчивая квартиру, кухонное окно и стол с выпивкой и закуской. — Давай наливай и пойдём эти, блядь, сраные ленточки резать, а то уже ночь на дворе. У тебя, кстати, лёгкая рука!

Димон довольно улыбнулся и наполнил рюмки.

Они выпили, закусили, помолчали.

— Я, знаешь, что думаю? Ты на всякий случай ребят вызови — пусть подежурят рядом, — Николай поднялся из-за стола. Он почувствовал, что всё ещё не перешёл черту в промилле, и мысленно похвалил себя. Димон тоже не был пьяным, он послушно позвонил «куда надо», назвал адрес и стал одеваться.

— Ножик взял? — спросил Николай напарника.

— Да у меня всегда с собой!

— Маску надевай! Нам кино на камерах не нужно.

— Бля, ну и дубак! — Димон стал растирать замёрзшие руки.

— Да ты тоже молодец: в байке и в жилетке приехал! Знал же, что на улице работать будем! — поучительно заметил Николай.

Мимо в поисках парковки проехал микроавтобус.

— А вот и пацаны подтянулись! — Димон проворно заработал ножом: он хотел быстрее покончить с этими дурацкими ленточками и поехать домой, в тепло.

— Привет, мужики, а что вы тут делаете? — раздался голос из-за спины.

Николай и Димон были так увлечены делом, что оба вздрогнули и синхронно обернулись. Перед ними стоял парень в домашних спортивных штанах и куртке, наброшенной поверх толстовки с капюшоном.

— Ленточки фашистские срезаем! — первым нашёлся Николай.

— А ты кто такой борзый? — Димон подошёл поближе и в свете мутных дворовых фонарей разглядывал лицо парня.

— Я — Рома, я тут живу, а вы?

— А я — Вася, я тут тоже живу и не хочу из окна смотреть на нацистские символы! — Николай начинал заводиться.

— А в какой квартире вы живёте? — парень сохранял спокойствие.

— Может, тебе ещё и ключи от этой квартиры дать? — Николай медленно подступал к парню, Димон стоял и, не успевая парировать на замечания Ромы, не понимал, что ему делать, поэтому демонстративно хрустел костяшками замёрзших пальцев.

— Ключи не нужны, нужен просто номер квартиры, чтобы убедиться, что вы тут проживаете на самом деле.

— А не то что?

— Да ничего, просто интересно было бы узнать имя неравнодушного соседа.

— А так ты меня не узнаёшь? — Николай опустил на подбородок маску.

— Нет, а что? Должен?

— Всё понятно, пацан! Димон, вызывай ребят, пусть забирают змагара на сутки.

— Вы проиграли, — спокойно произнёс парень.

— Что, блядь? — взвизгнул Николай и тут же, возненавидев себя за этот визг, толкнул парня в плечо. — Димон, давай!

Димон ударом профессионального кикбоксёра снёс парня с ног. Практически сразу же к ним подбежали люди в чёрных балаклавах и, схватив Рому за руки и ноги, потащили в сторону припаркованного во втором ряду микроавтобуса. Рома извивался, пытался вырваться, но его крепко держали.

— Разберитесь с ним там, блядь, по-мужски! Расскажите толково, кто выиграл, а кто, бля, проиграл! — кричал вдогонку Николай, сжимая в кулаке красные и белые ленточки.

— Люди, выходите! — внезапно раздался женский голос из окна многоэтажки. — Люди, выходите! Люди, выходите!

Женщина кричала, не останавливаясь, словно кто-то двадцать шесть лет назад записал на магнитофонную ленту этот голос и сегодня включил его на максимальную громкость.

— Люди, выходите! Люди, выходите! Люди, выходите!

— Алё, Димон?
— Да, Коль.

— Ну, что там?

— ЧМТ вроде.

— ЧМТ. Так что, ему там трепанацию делали или что?

— А я не в курсе. А что, операцию делают, да?

— Ну, я не знаю.

— Типа, сказали, что тяжёлый, вот.

— Так а что они могли с ним сделать, что он такой тяжёлый, блядь?

— Ну, не знаю... Ну, в машине всё что угодно можно сделать. Ну, то есть видишь, как бы ситуация такая, что... Ты же сам видел, что мы... То есть я подбежал, я его свалил. Я его не вырубал нихуя, блядь. Ну, а когда телефон отдавали, я видел, там фонариком ему подсвечивали — подмолаживали. Ну и как они могли его без сознания, блядь, передать в, блядь, РОВД, блядь?

— Но если он выживет, как бы всё нормально будет, он расскажет, кто, где и когда его...

— Ну разберутся, чего? Разберутся, если надо.

— Ладно, Димон, давай. На связи будем.

— Давай.

ноябрь 2021

Щёлк

По другую сторону стола постсоветского производства «Молодечномебель» в позе смотрящего сидел начальник с идеально подстриженной головой, который, кажется, не читал, а разглядывал лежащий на столе лист бумаги, где в правом нижнем углу стояла размашистая подпись Дениса.

— Та-а-ак. Ты присаживайся, присаживайся.

Денис беззвучно отодвинул стул, неудобно сел и положил лишние руки на колени. Потом, хватая спасательный круг, достал из внутреннего кармана пиджака обычную шариковую ручку с толстым стержнем и занял ею свои пухлые пальцы: щёлк-щёлк.

— Причина? — начальник смотрел прямо в глаза.

— Я там написал: по семейным обстоятельствам, — голос Дениса напоминал застуканного с сигаретой старшеклассника, который пришёл в кабинет директора с объяснительной.

Щёлк-щёлк.

— А если точнее?

Денис пытался не отворачиваться и не моргать, но почувствовал, как по-пацански пылает лицо.

Щёлк.

— Я бы не хотел это обсуждать, поскольку причины — личные, — на этой корявой, созданной по мотивам американских фильмов, фразе Денис споткнулся и посмотрел под стол на ручку. Щёлк-щёлк, щёлк-щёлк, щёлк.

— Дела-а-а-а, — проговорил начальник.

Он медленно встал, зашёл за спину Дениса, тот напрягся, словно ожидая подзатыльника или выстрела из секретного табельного оружия, хранящегося в коробке из-под конфет фабрики «Коммунарка». Но сзади раздалось клокотание наливаемой жидкости. Через пару секунд запахло коньяком.

Щёлк.

Начальник поставил рюмку перед Денисом, царапая поддельный паркет, выдвинул рядом стоящий стул, присел и, подняв руку на уровень тонких женских губ, сказал:

— Ну, за Родину!

Денис поглядел глазами осуждённого по 58-й и тут же выпил. Коньяк зашёл хорошо, и он успел подумать, что надо бы позвонить Сане и отправиться сегодня бухать в новый бар на площади. Сначала заказать ноль-пять пива в холодном, только что из холодильника, бокале, а потом перейти на вискарь с колой. От этих мыслей ему сделалось спокойнее и теплее, но тут он увидел белый сияющий лист бумаги на столе начальника и понял, что сегодня отдал заявление не только на увольнение с работы, но и на уход с должности друга, знакомого и наверняка сына.

Щёлк-щёлк-щёлк.

— Давай мы поступим следующим образом, дружок. Ты сейчас отправишься домой, проведёшь с семьёй замечательные выходные, полежишь на диване, посмотришь телевизор, хорошенько подумаешь, стоит ли ломать своё молодое и перспективное будущее, а в понедельник придёшь на работу, мы с тобой ещё раз всё обсудим, и я при тебе опущу это заявление в шредер, договорились?

— Договорились, — слишком быстро пробормотал Денис, резко вскочил и, бросив тихое «До свиданья», вышел из кабинета.

Щёлк.

Суббота выдалась, по мнению десятилетней Насти, настоящей: солнечной, тёплой, всё ещё летней. Об этом утром за завтраком она радостно сообщила не по погоде тихим родителям. Папа улыбнулся:

— Собирайся, Настюш, поедем бабушку проведаем и забросим ей на антресоли шестьдесят восемь закаток.

— Шестьдесят восемь?! — по-девчачьи ахнула Настя.

— Доча, папа так шутит, преувеличивает, — со вздохом объяснила мама и тоном «поругались» добавила: — Он в последнее время много преувеличивает.

Настя заметила, как папа повернул голову в сторону мамы и взял со стола синюю шариковую ручку. «Щёлк-щёлк», — услышала она и решила не оставлять родителей наедине.

— Пап, ты тоже собирайся! — тоном жены сказала Настя.

— Слушаюсь, Настя Денисовна! — девочке нравилось, когда отец дурачился, и она захихикала, посмотрела на маму, но та даже не улыбнулась.

Ручка снова щёлкнула, папа встал и, глядя в пол, прошёл мимо мамы, за ним с тревогой отправилась Настя. Как только они вышли из кухни, Настя спрятала свои переживания в красную сумочку, которую собиралась взять к бабушке. Сумочка с тонким изящным ремешком и аккуратной золотой пряжкой очень хорошо подходила к любимому браслету, который ещё в середине лета из бисера сплела старшая подружка, уже девятиклассница, Маша из тридцать первой квартиры. Настя подкрасила губы помадой со вкусом вишни, посмотрела в зеркало и довольно улыбнулась.

— Мамочка, завяжи мне этот браслетик, пожалуйста! — она протянула маме красно-белые бусины.

Мама закрыла глаза и выдохнула:

— Настён, давай ты этот браслет наденешь потом, когда вернёшься? Ты же помнишь, что ОНА не любит эти цвета?

Настя надула вишнёвые губы, щёки, нахмурила брови и склонила голову на бок:

— Но я хотела взять свою красную сумочку!

— А что если ты наденешь браслет с голубыми камешками, который тебе на Восьмое марта подарил папа, а я на один день одолжу свой синий клатч?

От такой неожиданности Настя бросила сумочку на пол и тут же, пока мама не передумала, побежала в детскую, открыла соломенную шкатулку, где хранила все свои драгоценности, выхватила оттуда безопасный голубой браслет и вернулась к маме за обещанным настоящим, взрослым клатчем.

В машине Денис возвращался к разговору с начальником: вспоминал вкусный коньяк, который легко зашёл, хотя, по-хорошему, нужно было отказаться, с грохотом отодвинуть стул, встать во весь рост и в один щелчок вылить на коротко стриженную голову рюмку дорогого, полученного в благодарность, коньяка, медленно выйти из кабинета, громко закрыв дверь, зайти за угол, а потом выскочить на улицу и бежать, бежать, бежать... Но ничего этого не случилось. Денис отряхивался от обваливающихся воспоминаний и пытался сосредоточиться на будущем разговоре с матерью, до которого с каждой минутой оставалось на один километр меньше. Он уже пожалел, что взял Настю, что она нарядилась и даже накрасила губы, но в то же время трусливо надеялся, что присутствие дочки спасёт его от криков матери.

Она услышала, как щёлкнула входная дверь.
— Дениска? Настенька?
— Да, мам, это мы!
Галина Фёдоровна, в свежем халате, с фиолетовыми волосами, закрученными ранним утром на бигуди и освобождёнными с полчаса назад, вышла в коридор, расплылась улыбкой, крепко обняла и расцеловала в щёки и лоб внучку и сына.
— Ой, я так соскучилась! Нет, ну посмотрите, как выросла! Какой красавицей стала! — причитала Галина Фёдоровна с особой растяжно-певучей интонацией. — Сейчас папа банки на антресоли забросит, и мы будем пить чай, Настенька, с твоим любимым яблочным пирогом!
— Ура! — закричала Настя и обняла бабушку за круглую талию.
Денис принёс с кухни стул, поставил на него табуретку — потолки в квартире были такими же высокими, как и должности его матери. Держась за антресоли, он начал принимать банки с помидорами, аджикой, зимним салатом, яблочным вареньем и компотом.
— Мам, зачем тебе столько?
— Это ж не мне одной — вам тоже!

— Но мы почти ничего из этого не едим.

— Ну, почти не почти, а зима впереди долгая, витамины не помешают!

— Так можно просто пойти и купить в магазине те же витамины, только свежие.

— Ой, да какие в магазине витамины! — отмахнулась мать, отдав последнюю трёхлитровую банку. — Польские яблоки да польские буряки! Они же там всё искусственное выращивают! Вот Соня рассказывала...

Денис перебил:

— Ещё есть?

На просторной кухне с полинявшей от возраста и солнца микроволновкой, привезённой из командировки в Чехословакию, Галина Фёдоровна расспрашивала внучку о подготовке к школе, подружках, каникулах. Денис не слушал — продумывал варианты того, как расскажет матери о своём решении. Настя же кокетливо щебетала, показывала синий клатч и аккуратно чайной ложкой отрезала маленькие комочки от куска пирога.

— Мам... — неуверенно, как первое слово, выпалил он, набрал побольше воздуха и ступил в пропасть. — Я увольняюсь.

Мать нехотя повернулась к нему осколками своей улыбки, уголки её губ опустились, глаза покрылись ледяной коркой, щёки обвисли, а двойной подбородок занял центральную позицию в портрете. Она поставила кружку с чаем на стол и голосом коммунистической партии Советского Союза произнесла:

— Настенька, я тебе новый журнал купила, у деда в комнате на столе лежит, иди почитай, а мы тут с папой поговорим...

Настя послушно встала, испуганно посмотрела на отца, поправила свой голубой браслет и вышла, тихо закрыв за собой стеклянно-деревянную дверь.

На кухне, где Денис когда-то ел детские пюре, манные каши, потом бутерброды с чаем перед школой, колбасу — ночью, хватал из кастрюли холодные котлеты перед тренировками, глотал горький шоколад с крепким кофе перед экзаменами, — на этой до рези в животе знакомой кухне мать тихо прогремела:

— Что значит «Я увольняюсь»?

— Вчера отнёс заявление.

— Тебе его подписали?

— Нет, сказали подумать на выходных.

— И ты, я надеюсь, подумал?

— Мам... — Денис подбирал слова, хотя понимал напрасность этого порыва. — Я подумал — и я увольняюсь.

— Та-а-ак, — голосом начальника сказала мать, встала, подошла к холодильнику, посмотрела в окно, поправила на плите кастрюлю — та недовольно булькнула. — И какая причина?

— По семейным обстоятельствам.

— Это ты в заявлении написал?

Денис кивнул.

— А настоящая причина?

— Настоящая причина — я не хочу быть участником беззакония.

Мать стояла в позе Щелкунчика, опустив руки в карманы цветастого халата.

— Мам, мне вчера принесли дела и сказали всем давать по пятнадцать суток. Даже статью назвали — 23.34. И не важно, что человек сделал. Там даже протоколов не было! Они потом планировали их составлять.

Ты видела, как они обращаются с людьми? Закона больше не существует! Есть шайка бандитов, которая захватила власть и решила, что можно бить, насиловать, убивать, пытать. Они способны на всё — лишь бы удержаться. Я был представителем закона почти десять лет, и я хочу им остаться.

— То есть ты решил выскочить чистеньким и красивеньким? Прям как в анекдоте: все вокруг в говне, а ты в белом! Захотел помочь этим проплаченным польским и американским змагарам и бэчэбэшникам?!

— Дело не в этом! Дело в элементарной человеческой совести!

— Ах, дело в совести! А где ж была твоя совесть, миленький ты мой, когда дед тебя по блату в институт втискивал? Где была твоя совесть, когда я тебя на работу устраивала и отмазывала от распределения в Пуховичи? Ты про совесть не думал, когда я тебя в судьи продвинула. То есть тогда тебя это не волновало, а теперь у тебя совесть заговорила!

Дениса рвало на части. Он ощущал себя совсем беспомощным, как в детстве, когда дед кормил его ненавистной гречкой: Денис плакал, отворачивался, а дед всё пихал ему в рот ложку за ложкой, пихал...

— Мам, я не могу изменить прошлого, единственное, что я могу, — это вернуть тебе деньги, которые ты потратила на взятки, — для матери это была пощёчина.

— Ах, деньги! — она постепенно, словно переключая рычаг коробки передач, переходила на крик. — Деньги ты мне вернёшь! Да откуда ж ты их возьмёшь, голодранец совестливый! Это я на комбинате мясо списывала и продавала частникам, чтобы тебя, полоумного, выучить и человеком сделать! Я документы подделывала и цифры из воздуха придумывала, чтобы ты смог в Минске остаться, а не ехать в хуево-кукуево два года отрабатывать! И на военную кафедру ты за украденные мной колбасы попал! И квартиру я тебе построила двухкомнатную за взятки! И судьёй ты стал только благодаря мне! Молодечненский мясокомбинат тебя вырастил, выучил, на престижную работу устроил и всем обеспечил! А теперь у тебя совесть проснулась и захотелось мне деньги вернуть??? Иди тогда сдавай мать в милицию и деньги комбинату возвращай!

Денис смотрел на мать взглядом бездомного пса, заглядывающего в рот вышедшему из вокзала студенту с куском отгрызенного чебурека во рту.

— Мам... Мам, я, конечно, догадывался, не дурак... Но чтобы в таких масштабах... Я, блядь, надеялся... На чудо, что ли?

Денис встал, словно штангист, который готовится толкать вес, насаженный на гриф. Штанга прижимала его к земле, вела то вправо, то влево, не давала чётко и громко произносить слова.

— Надеюсь, я за свою жизнь успею рассчитаться и за твои грехи.

Он распахнул дверь и увидел уже обутую Настю, которая прижимала к груди синий клатч.

— Вряд ли ты успеешь, потому что тебе ещё за дедовы грехи расплачиваться надо, а там список — ого-го! — донёсся чужой голос.

Только глубокой ночью, когда Денис попытался сбежать от бессонницы на кухню, он рассказал Кате, что произошло дома у матери. Денис кутался в толстовку, прятал руки в карманы и вжимал голову в плечи. Катя молчала и ногтем большого пальца снимала бордовые пластины лака с левой руки, они трескались, красной моросью падали на пустой стол, и Катя, как прошлогодние листья, сгребала их в кучу.

— То есть ты понимаешь, что я за всю жизнь не отмоюсь от этого говна?? Я всегда буду тем самым парнем, которого по блату всунули в универ, по блату отмазали от распределения, по блату устроили на работу, по блату — то, по блату — сё! Я же догадывался обо всём! Я же где-то там, — Денис постучал крючком указательного пальца по голове, — понимал, что мать — директор завода не может быть чистой и честной. Я знал, но молчал и принимал!

Катя оторвала очередной кусок лака:

— Так полстраны живёт: всё построено на взятках, откатах, блате. Не ты один!

— Да это понятно! Просто я у себя один! Понимаешь?? Моя жизнь — она одна такая, и вот почти половина жизни прожита в каком-то вранье. И это я ещё про деда ничего не знаю.

— А что тебе про него надо знать? Вообще, о покойниках либо хорошо, либо ничего.

— О мёртвых либо хорошо, либо ничего, кроме правды, — так на самом деле звучит полное выражение.

— Хорошо-хорошо! В конце концов, ни мать твоя, ни дед никого не убили!

— Знаешь, Кать, я в этом уже не уверен.

Мисеюк шёл за ним следом по коридору и, стараясь не отставать, прижимался к левому плечу Дениса и прямо в ухо шептал:

— Ты понимаешь, уже боевые группы с Украины приехали, готовы в любой момент выступить. Эти бэчэбэшники наших убивают. Один милиционер умер в больнице вчера ночью. Ярутич, помнишь его? Такой высокий, мощный.

Мисеюк шептал и шептал, а Денис ускорял шаг, изо всех сил стараясь не отмахиваться от надоедливого жужжания. Наконец они дошли до кабинета, Анжела, секретарь, бегло поздоровалась и тут же, с повышенной интонацией в голосе, которую она позволяла себе только в адрес посетителей, сказала:

— Вас Александр Васильевич вызывает!

Денис оглянулся: Мисеюка рядом уже не было.

— Ну, здравствуй! — начальник улыбался свежевыбритыми щеками.

Они пожали друг другу руки, и Денис сел на услужливо отодвинутый стул.

— Как выходные? Как жена? Дочка? Мать?

— Спасибо, всё хорошо, все здоровы.

Денис нащупал в кармане спасительную ручку. Щёлк.

— Я вот на выходных работал, даже со своими толком не виделся. Дел сейчас невпроворот. Надеюсь, скоро, когда эта канитель закончится, наверстаю: повезу всех в отпуск! В Крым! Эх, природа там! Моё самое любимое место на земле!

Денис спокойно разглядывал содержимое стола и был очень рад, что утром заехал в аптеку, купил, а потом выпил две таблетки валерианы. Щёлк-щёлк-щёлк.

— Ты был в Крыму?

— В детстве.

— Тебе обязательно нужно туда поехать! Отпуск возьмёшь — и вперёд! Слушай, ты, может, чай-кофе будешь? Для коньяка как-то рановато. Давай по кофейку?

— Спасибо, я сегодня уже три чашки выпил, — соврал Денис.

Щёлк-щёлк.

— Я, кстати, вчера с твоей матерью говорил, — совсем обыденно, словно родной отец, сказал начальник.

Денис оторвал глаза от стола:

— С матерью??

— Да, а чего ты удивляешься? Мы с ней общались перед тем, как взяли тебя на работу, и после трудоустройства тоже. Пробивная у тебя мать!

Последние два дня Денис пытался оторвать мать от себя. Как когда-то давно она отрывала его от своей груди, а он слепо тыкался ей в распухшие от молока сиськи, она с раздражением и силой совала ему в рот только что постерилизованную бутылочку со смесью, а он продолжал искать истину. Больше всего в сепарации ему помогала дочка, которая в последнее время почти не отходила от отца, постоянно его обнимала, целовала, гладила по отрастающим волосам, называла «мой гризли», и Денис, чувствуя её костистые руки на шее, твердил себе, что должен дойти до конца.

— Она просила повлиять на тебя, дать время подумать, предоставить отпуск на это дело...

— Я всё обдумал и принял решение, которое не изменю ни при каких обстоятельствах, — неожиданно перебил Денис.

— И какое же это решение?

— Я увольняюсь.

Щёлк.

Денис услышал за окном звуки проезжающих машин и работающей газонокосилки. Начальник поднялся, опёрся кулаками на стол и глухо, словно в скрученную из газеты подзорную трубу, проговорил:

— Ты же понимаешь, что сейчас от нас просто так не уходят?

Щёлк.

— Вижу, что понимаешь... Хорошо... Через четыре недели будешь освобождён от должности. Можешь идти.

Денис встал и всю длину ковровой дорожки думал: говорить «До свидания» или лучше промолчать? Потом тихо пробормотал «Дасыданя» и закрыл за собой нелепую тяжелую дверь.

Уже в первый день после принятия заявления жизнь Дениса изменилась. Пока ещё не бывшие коллеги, встретив Дениса в коридорах, опускали глаза, некоторые, особо смелые, просто молча кивали в знак приветствия. Вначале Денис расстраивался, вспоминал, как этому помогал перевозить вещи в новую квартиру, а с тем сидел в баре на площади, а вот той сбрасывался на реабилитацию сына. Где-то через неделю он привык, сам проходил мимо, не замечая смущённых прячущихся лиц. На работе ему было тяжело: выкрашенные в серо-голубой цвет стены не давали веры ни в какое светлое будущее. Денис часто открывал окно или выходил во дворик, чтобы подышать. Щёлкал ручкой, думал, вдыхал и возвращался в уже чужой кабинет.

Вечера и выходные он проводил с дочкой: играли в настольные игры, вместе готовили ужины, на выходных ездили на природу, жгли костёр и жарили на нём сосиски. Всё остальное время он читал новости. Сначала громко возмущался, показывал видео и фото жене, она кивала, односложно отвечала и уходила на балкон. Катька всё чаще ложилась спать с Настей, и Денис не знал, как набраться смелости и поговорить с ней.

Он начал искать работу, но ничего хорошего в этой области не происходило: некоторые игнорировали и не поднимали трубку, другие, знакомые, шептали: «Ну, ты же понимаешь...»

От матери не было ни СМС, ни звонков, ни снов.

В день, когда пришёл приказ об освобождении от должности и все формальности были завершены, Денис сгрузил в заранее приготовленную спортивную сумку свою кружку, фотографию жены с дочкой, личные книги по юриспруденции и, неловко замешкавшись около секретарши, вышел из здания суда, ни с кем не попрощавшись. Он чувствовал облегчение от того, что ему больше не придётся ходить сюда к восьми утра с понедельника по пятницу, и в то же время его пугала неизвестность в виде отсутствия работы и... Катька.

В первое безработное утро его разбудил телефонный звонок с неопределившегося номера — звонил бывший коллега, с которым они едва общались, потому что тот всегда казался Денису «недалёким»: покупал и читал газеты, носил дедушкины плащи и на общих собраниях тайком, у всех на виду, грыз ногти. Он сообщил, что дела, которые Денис вёл до увольнения, сейчас пересматриваются, и Денис должен понимать, что это значит, а потом добавил: «Держись и — спасибо тебе!»

Денис отключил телефон, посмотрел на пустую половину кровати, где уже больше десяти лет спала Катька, и пошёл в ванную. Ему хотелось проснуться от этого ужасного кошмара, который, казалось, длится больше заявленных в описании полутора часов. В рюкзак он положил зубную щётку, документы, две пары трусов и носков, две футболки и зарядку для телефона.

Затем он заглянул к спящей Насте, кивнул проснувшейся и уже заплаканной жене, жестом попросив её выйти, взял за руку и вывел на лестничную площадку.

— В квартире могут стоять жучки, поэтому поговорим тут. Под меня начали копать, а это значит, что очень скоро арестуют. Поэтому я должен уехать. Как только приеду на место, напишу. Ты потихоньку начинай собираться сама и Настю собирай: документы и всё такое, вещей много не пакуйте.

Катя стояла и безмолвно плакала.

— Катьк, мы прорвёмся! — он впервые за несколько недель обнял жену и сильно прижал её к себе. — Будем мы — будет и всё остальное! Ты только люби меня...

— Мне страшно, Дёнь... — и он услышал, как где-то внутри что-то щёлкнуло.

Уже после обеда Денис, выходя из самолета, включил телефон и написал: «Добрался хорошо. Люблю больше жизни!» Смартфон тут же завибрировал: «МТС приветствует Вас в сети Киевстар, Украина!» Денис зашёл в последнюю дверь автобуса, поставил на пол рюкзак, взялся за верхний поручень, автоматически прочитал рекламу противовирусного препарата «Новирин». Телефон снова завибрировал, Денис вытащил его из переднего кармана джинсов, разблокировал и увидел непрочитанное сообщение от матери: «Ты был, есть и будешь...» Он открыл сообщение: «...внуком полицая, и этого тебе не исправить никогда!»

март 2022

Навіны Палесся

Дом был старым. Его построили и заселили почти пятьдесят лет тому назад, и сейчас только малая часть квартир была занята не первыми хозяевами. Большинство пенсионеров, сидящих с мусорными пакетами и вёдрами во дворе, не замечали, как старели их соседи. И лишь суета со сбором денег на очередные, никем не запланированные похороны напоминала им о годах, прожитых в кирпичном доме номер 141 по улице Ленина.

К пяти часам душная полесская жара плотной тенью высушенных болот всё ещё падала на город. В воздухе стоял перегар тлеющего торфяника, а одиночные порывы ветра доносили запах смердящей летом канализации. Но в любую погоду с понедельника по субботу жители дома 141 вечерами выходили в свой облагороженный газонокосилкой двор.

— КУМПП Столинское ЖКХ ставит в известность потребителей тепловой энергии, что в связи с проведением профилактических ремонтов и гидравлических испытаний трубопроводов тепловой сети будет прекращена подача горячего водоснабжения в городе

Столин с 11 июля по 15 июля 2022 года всем потребителям*, — по привычке оттачивая слова, произнесла Василиха. Её мусор в чёрном пакете с завязочками (сын привёз несколько упаковок из Польши) стоял немного в стороне и слегка подтекал. Перед выходом из квартиры она вывернула туда остатки прокисшего вишнёвого компота, который тут же закапал на пол, но тратить второй пакет Василихе не хотелось, поэтому она приложила ко дну местную газету и аккуратно спустила пакет с третьего этажа на улицу. Теперь газета с большим красным пятном лежала на траве и сохла.

— Вчера в городском Доме культуры г. Столина прошло торжественное мероприятие, посвященное 100-летию прокуратуры Республики Беларусь. Сотрудников прокуратуры пришли поздравить с юбилейной датой руководство района, представители силовых структур и общественных организаций, правовой класс СШ № 2 и многие другие. А настроение присутствующим своим талантом и харизмой поднимали коллективы и сольные исполнители Столинщины, — Шулейчиха заполнила паузу после Василихи. Она вышла на улицу с мусором раньше всех, поэтому заняла место на лавке у края стола. Вчера на базаре Шулейчиха зашла в павильон, который недавно открыли таджики, и купила домашний халат с красными и жёлтыми цветами. Халат ей очень нравился, потому что яркие южные оттенки радовали глаз больше, чем бархатцы на клумбе около первого подъезда. Да и цена согревала душу. После смерти мужа Шулейчиха жила на одну пенсию и донашивала старые вещи, но вчера на базаре

* Здесь и далее использованы материалы газеты «Навіны Палесся». Орфография и пунктуация публикаций сохранены.

не удержалась и купила халат. Теперь она ждала, когда кто-нибудь заметит её обновку, похвалит и позавидует.

Кузьмич настойчиво не замечал наряд:

— ВСУ обстреляли деревню Марково и поселок Теткино в Глушковском районе Курской области. Информации о пострадавших пока не поступало. Отмечается также, что в результате утреннего обстрела в некоторых домах повреждены фасады, выбиты окна и отсутствует свет.

В квартире у Кузьмича не было ни карты, ни атласа, ни компьютера. Но вчера после школы к нему забежал внук, которому дед в кредит купил новенький блестящий телефон со встроенным интернетом, и Кузьмич попросил показать, где находится Курская область. Внук потыкал пальцем в телефон и открыл карту, где мелкими буквами было написано «Курск» и жирными, большими — «Украина». Кузьмич засомневался в подлинности карты и интернета в целом, но для себя тайно решил, что Курская область не может находиться далеко от Украины, потому что старое советское вооружение ВСУ не способно стрелять на очень длинные дистанции.

— Москве пришлось начать спецоперацию из-за распространения в Украине неонацизма, функционирования на ее территории биолабораторий, задействованных в военно-биологической программе США, а также по причине заявленных киевскими властями планов по созданию ядерного оружия и вступления страны в НАТО. Это создавало существенные угрозы безопасности не только России, но и всего мира, — Яремчиха всю жизнь проработала на почте, и голос у неё был чёткий, зычный, натренированный на деревенских бабушках и дедушках. Она держала в руках мусорное ведро и слегка его качала. Яремчиха не покупала мусорные мешки — дорого. Поэтому любые отходы высыпала прямо в ведро, а когда ведро осовобождалось, споласкивала его в ванне и ставила на место, под кухонную раковину.

— *В Столине в честь Дня города бесплатно оформляют карточки Mastercard Gold!* — восторженно заявила Ефимовна. Она тоже сидела на лавке, занимая чуть больше половины, и перебирала пальцами уголок мусорного мешка, стоявшего в ногах. Ефимовна периодически наигранно вздыхала, потому что никак не могла перестать думать про утренний звонок от дочери, которая просила одолжить денег «до зарплаты». Пару недель назад Ефимовна в банке обменяла на беларусские рубли 6 455 долларов и все до копейки положила на безотзывный вклад на год под 19 % годовых.

От старой груши донёсся голос Хлебницы, которая получила эту кличку благодаря тридцати годам работы в хлебном магазине:

— *В целом, что ввод в эксплуатацию новой фермы окажется успешным, сомнению не подлежит, так как в ОАО «Теребежов-Агро» есть богатый опыт в производстве качественного молока — молочно-товарная ферма «Юнище» среди лидеров в районе и области по качеству молока, где производят продукт исключительно сортом экстра.*

Перед ежедневным выходом на улицу Хлебница, поглядывая на часы, выпивала кружку молока, закусывая его батоном, намазанным вареньем. Варенья она сейчас варила не много — сын и дочка, когда приезжали из Минска навестить мать, отказывались брать литровые банки: мол, никто варенья теперь уже не ест. А Хлебнице нравилось: и вкусный, влажный батон с корочкой, и холодное молоко, и ароматное черничное варенье.

— 81 год назад коричневая чума нацизма ворвалась на белорусские земли, развязав одну из крупнейших в истории человечества битв не на жизнь, а насмерть! Тогда наши предки еще не знали, что впереди их ждут тяжелые годы кровавой бойни, которая завершится Знаменем Победы на крыше Рейхстага. Не знали они и о том, что гидра фашизма спустя десятилетия вновь поднимет голову в Европе, а просвещенный Запад вновь попытается навязать Беларуси и России террор с яростной гримасой «псевдосвободы»! Год назад Евросоюз накануне 22 июня ввел очередной пакет экономических санкций против Беларуси, а прямо сейчас на Украине закипает битва с неонацистским режимом! — произнесла Шефлер, стоящая рядом с Кузьмичом и держащая в руках пакет с надписью «Сільпо», наполненный мусором. Шефлер любила вечерние посиделки и каждый день уже с самого утра под звуки включённого телевизора размышляла о том, что скажет соседям вечером. Она всегда тщательно, согласно настроению и календарю, подбирала тему для разговора и очень редко, лишь отвлёкшись на телевизионную передачу, выходила во двор второй или третьей по счёту.

Карпеня, размахивая руками, как известная телеведущая, поддержала разговор, начатый Ефимовной:

— Раньше палаты повышенной комфортности были в инфекционном и неврологическом отделениях. И вот: прекрасная новость! И роженицы, и любые другие пациентки акушерско-гинекологического отделения теперь могут пройти курс лечения в отдельной благоустроенной палате, которая по «начинке» больше походит на однокомнатную квартиру. Просторная комната площадью около 25 квадратных метров, большой телевизор с «ZALA», холодильник, микроволновая печь, обеденный уголок, добротный шкаф, комфортная кровать, пеленальный столик по последнему слову (мягкое «ложе», подсветка для удобства мамочки, внизу — просторный бокс для принадлежностей малыша) и, конечно же, отдельный санузел с душевой кабиной.

Несколько месяцев назад у Карпени нашли рак матки на последней стадии. В областной больнице ей сделали операцию и удалили все женские органы, потом она прошла несколько курсов химиотерапии и на очередном приёме у врача в Пинске узнала, что никакой последней стадии никогда не было. Карпене тогда никто не сказал, стоит ли ей радоваться этой новости или же, наоборот, огорчаться, поэтому она просто решила игнорировать данные события своей жизни и, как и прежде, выходить во двор к пяти часам вечера.

— Попытки дестабилизации ситуации в Беларуси, считаю, связаны так или иначе с тем, что у Беларуси получилось как у единственной страны нашего региона Европы создать свою уникальную социально-экономическую систему. Эта уникальная модель, естественно, не нравится глобалистам, англосаксам и другим центрам силы, — Глушаков споткнулся на слове «англосаксы», но смог быстро взять себя в руки и закончил реплику. Мусор Глушакова лежал в ведре и пахнул хуже прокисшего компота Василихи. Глушаков знал, что это наполнитель для кошачьего туалета, который он экономил. Сегодня, меняя кошкин туалет, Глушаков подумал, что неплохо бы съездить на пилораму и попросить опилок, но потом решил купить бутылку вина и договориться с сыном, чтобы тот отвёз его на пилораму на машине: за бутылку можно будет разжиться несколькими пакетами опилок, которых хватит на пару месяцев.

Цецериха уже несколько лет назад поняла, что стоять рядом с Глушаковым не стоит, поэтому она выходила одной из самых последних и становилась от него подальше.

— *Столинский район электрических сетей информирует население о плановых отключениях электроэнергии в период с 04 по 08.07.2022 в населенных пунктах Столинского района. Планируемая дата отключения — 04.07.22. Планируемое время отключения — 09:00-17:00. Населенный пункт — д. Бережное. Улицы населенного пункта — ул. Ольшанская д. 44-60, Советская д. 4-87, Ленина д. 106а-187, 200-240, Набережная, Полевая, Корольчука. Причина отключения — Ремонт ВЛ-0,4кВ.*

Цецериха вытерла лоб носовым платком в крупную клетку, который с уценкой купила в универмаге. На этикетке было написано «Платок Носовой. Муж.», но Цецерихе нравилось, что платок большой и дешёвый. Она была готова купить два платка, но с уценкой почему-то продавался только один. Цецериха жару переносила плохо: сильно потела и иногда задыхалась, но пропускать общение с соседями ей не хотелось, поэтому в такие вечера, как сегодня, она надевала распашное ситцевое платье без рукавов, брала клетчатый платок и, правой рукой опираясь на деревянные перила, а левой держась за пакет с мусором, спускалась во двор.

Марчуха высоким голосом произнесла:

— В Беларуси за выходные задержаны... — Все соседи одновременно обернулись на неё, и Марчуха застеснялась, закашлялась до слёз, а потом всё-таки закончила фразу, — 153 нетрезвых водителя.

В жарком воздухе раздался общий вздох, каждый посмотрел на часы, поправил свой мусорный мешок или ведро и поглядел на внезапно заговорившего Сидоревича:

— Республиканский семинар «Об организации работы по вовлечению в хозяйственный оборот неиспользуемого государственного имущества в Брестской области» проходит сегодня на территории Столинского района. Участники посетят Столинскую детскую школу искусств, «Гранд-кафе», сетевой магазин «Хит! Стандарт» в г.Столине, сельскохозяйственное унитарное предприятие «Грушево-МИЛК» фермера Михаила Гриба в д. Бор-Дубенец, ЧТУП «Полесские пряности» Сергея Быбы в г.Давид-Городке и производственную базу КФХ «ОльшаныАгро» в аг. Ольшаны.

Сидоревич посматривал на дверь второго подъезда, он надеялся, что его друг Саныч хотя бы сегодня выйдет во двор, но тот не появлялся. Сидоревич не понимал, как целый день можно сидеть в квартире без телевизора, поэтому раз в три дня звал Саныча к себе посмотреть хотя бы новости. Саныч благодарил и отказывался, взамен предлагая прогуляться по парку.

И Сидоревич соглашался, ему нравились их прогулки, размеренный, успокаивающий голос Саныча и его истории про революцию, войну и народное сопротивление.

Климушко подняла руку и быстро заговорила:
— Насыщенное праздничными днями начало мая этой весной приобрело ещё несколько ярких и важных штрихов. Автопробеги, уроки Памяти, митинг в урочище Стасино, празднование Дня Государственного флага и Государственного герба, День Победы. Очень отрадно, что во всех этих мероприятиях было задействовано более 10 000 представителей молодого поколения. И дело даже не в количестве...

На слове «количестве» во двор заехал мусоровоз, соседи засуетились, схватили мешки и вёдра, дождались, когда мусорщик опустит контейнер, и побросали в него свои отходы.

июль 2022

Усы

— Сегодня по всей Европе прошли гей-парады. Как вы видите, на многих из них присутствуют дети, которым с младенчества твердят, что они станут геями, когда вырастут...

— Виталя, сделай потише! Дети спят! — шёпотом закричала Наташка с дивана.

Виталик вздохнул и убавил звук.

— Чего ты вообще эту ерунду смотришь? Пошли спать: завтра на работу!

— Смотрю, потому что у нас двое пацанов растёт. Предупреждён — значит вооружён!

— Так мы ж не геи! Чего они у нас геями вырастут? — нервно успокаивала себя Наташка.

— Ой, Наташ, ты не понимаешь! — отмахнулся Виталик.

Утром Галя, соседка, привела своего пятилетнего сына Никиту, который ходил в сад с Виталиным Максимом:

— Меня срочно на планёрку вызвали, завезёте Никитку в сад?

— Завезём, Галя, не переживай, — заверила Наташка, подкрашивая губы у зеркала. — Ты беги, а то опоздаешь!

Галя поцеловала сына, поблагодарила и вышла.

Виталик со вздохом поправил ремень под животом, обулся и уже с веранды крикнул:

— Я завожу машину!

Наташка заторопила детей. Денис выбежал первым и плюхнулся на заднее сиденье у окна, Максим и Никита медленно подошли к машине.

— Эй! — крикнул Виталик и решительно вышел из-за руля. — Вы чего за руки держитесь?

Мальчишки, не отпуская сцепленных рук, смотрели на него.

— Вы же мужики! Настоящие мужики за руки не держатся! — Виталик нагнулся и разнял руки мальчиков. — Вот! Залезайте в машину! Один возле одного окна садится, другой — возле другого! Ты, Дениска, между ними!

Дениска обиженно перебрался в середину. Максим и Никита испуганно смотрели друг на друга.

Виталик, объезжая лужи, ехал в сторону центра. Наташка листала «Одноклассники» и ставила «Класс!» фотографиям со свадьбы дальней родственницы.

— Надо с воспитательницей поговорить! — тихо сказал Виталик. — ЭТО, — он сделал ударение, — может так начинаться!

Наташка разглядывала молодожёнов и столы в городском ресторане.

— Говорю, с воспитательницей надо поговорить! — громче, нагнувшись в сторону пассажирского сиденья, сказал Виталик.

— Угу, — механически ответила Наташка.

— Да блин! Выключи свои «Одноклассники»! У тебя сын может стать, — Виталик, широко открывая рот, одними губами, беззвучно прошептал последнее слово, — геем! — в качестве восклицательного знака он выпятил вперёд голову.

— Виталя, они в садике постоянно за руки держатся: когда на прогулку идут, на экскурсию, в столовую. Каждый раз, когда строятся!

— Вот это ненормально. Ты должна поговорить с воспитательницей. Разъяснить ей!

— Не выдумывай!

— Та-а-ак! То есть тебе всё равно, что наш сын будет, — Виталик, едва слышно, озвучивая только звонкие согласные, снова одними губами проговорил, — в жопу трахаться?!

— Виталя! — в ужасе закричала Наташка.

Перед обедом к Виталику зашёл Руслан, племянник, которого после окончания строительного факультета он устроил к себе на работу.

— Дядя Виталя, завтра — «Вытокі», вот приказ о том, чтобы все явились на открытие, желательно с семьями, потому что фестиваль семейный. После открытия можно оставаться по желанию. Отмечаться у нашего стенда ПМК. Подпишите.

Виталик окинул взглядом племянника и уставился в договор на проведение дорожных работ.

— Дядь...

Виталик медленно поднял голову, неспешно моргнул, посмотрел племяннику прямо в глаза и процедил:

— Ты, бля, чего напомадился?

— Что?

— Напомадился, я говорю, чего?

— Не понял.

— Блядзь! Гелем зачем ты волосы намазал? Не пидор же, наверное? — громко зашептал Виталик.

— Дядь Виталя, причём тут пидор? — вполголоса проговорил Руслан. — Сейчас многие гелем укладываются.

— Ага, многие! — слова вылетали из Виталика, как лай из морды бульдога. — Сначала гелем волосы укладываешь, а потом тебя самого нагибают и укладывают! Чтоб на работе такого больше не было! Ещё не хватало, чтобы люди стали говорить, что у меня племянник — голубой! Иди хоть под краном голову смой!

Руслан покорно вышел.

Дома, когда Виталик лежал на диване и пялился в телефон, к нему подошёл Дениска и молча встал рядом, что-то пряча за спиной.

— Ну, что там у тебя? — спросил Виталик, улыбаясь. Ему не нравилось, что старший сын словно боится его, стесняется.

Дениска молча протянул ему рисунок.

— Ого! — начал было Виталик, но тут же хмуро спросил: — Это вы в школе рисовали?

— Угу, — радостно кивнул Дениска.

— А какое задание было? Что учительница сказала нарисовать?

— Радугу!

Виталик резко встал и с рисунком направился на кухню, где Наташка отбивала мясо.

— На! Глянь! — Виталик положил рисунок на миску с отбивными.

— Виталя! — недовольно вскрикнула Наташка. — Тут же мясо!

— Да ты погляди, что они в школе рисуют!

— Что? Солнце, дождь, радугу.

— В том-то и дело, что радугу! Радуга... — Виталик зашипел, — один из символов геев! Ты понимаешь? Настоящая пропаганда! Ты что, хочешь, чтобы у тебя сын геем вырос?

— Ой, Виталя, честное слово, ты уже помешался на этих геях. Мы в школе тоже радугу рисовали — и что? Я геем стала?

— Ты по природе геем стать не можешь, ты можешь стать лесбиянкой! — по-учительски поправил Виталик. — Кстати, вопрос: какая ориентация у их учительницы? Она замужем? Дети есть?

— Вроде нет, институт только закончила.

— Вот видишь! — заговорщицки сказал Виталик. — Я с директором переговорю!

Всё время разговора Дениска прятался за дверью и слушал. Он пытался запомнить новые слова и про себя повторял: «Гей-гей-гей, лесбинянка-лесбинянка-лесбинянка». Завтра на большом перерыве он собирался спросить у Лёшки из пятого «В», что эти слова означают.

Утром Виталик проснулся в хорошем настроении: гладил сыновей по волосам, залазил жене в карман халата, чтобы ущипнуть её за живот, улыбался за чаем с бутербродами. Перед шкафом оглядел со всех сторон голубую рубашку с коротким рукавом и повесил её обратно. В итоге выбрал блёклую льняную. Наташка плойкой уложила волосы, накрасилась и радостно влезла в прошлогоднее платье в чёрно-белую геометрическую раскраску. Никитка и Дениска были выряжены в новые футболки и джинсовые шорты.

— Ну что, на автобусе пару остановок подъедем? — спросил готовое семейство Виталик.

— Я думала, мы на машине... — заныла Наташка.

— Так я, может, хоть пива выпью! Фестиваль всё-таки! — отрезал Виталик.

Наташка с гордостью оглядела празднично одетых сыновей, мужа, подол платья и новые босоножки и уверенно сказала:

— Тогда пойдём пешком!

Народу на площади Ленина у райисполкома, несмотря на утреннюю жару, собралось огромное количество. Взрослые, дети, коляски с младенцами, пенсионеры с пакетами и даже несколько стариков с палочками. Виталик быстро отметился на стенде ПМК и встал рядом с семьёй в тени дерева.

Внезапно из колонок, которые громоздились друг на друге на главной сцене перед шагающим Лениным, раздались первые приветствия. На сцене Виталик увидел сына президента и бросил Наташке:

— Пошли! Пошли поближе! Сын президента выступает!

— Коля? — удивившись, спросила Наташка — из-за маленького роста и мужика в ковбойской шляпе впереди она не могла разглядеть сцену.

— Да какой Коля! — раздосадованно сказал Виталик. — Витя!

— Витя? — всё ещё непонимающе вопрошала Наташка.

— Ой, Наташ, честное слово! Витя Лукашенко, который главный по спорту! — и Виталик потянул жену к сцене. Та торопливо потащила за собой Никитку и Дениску. Им удалось пробраться к самой сцене, отделённой от зрителей металлическим ограждением. Виталик посадил Никитку на шею, Наташка помогла Дениске влезть на нижние ступеньки ограждения.

— Дорогие друзья, позвольте... — начал сын президента. Виталик разглядывал его сине-голубые джинсы, белые фирменные кроссовки, белоснежную рубашку-поло с маленькими лого на каждой груди, — но больше всего ему нравились усы! Он всегда знал, что усы — это признак настоящих мужиков. Его отец носил усы всю жизнь и каждое воскресное утро у зеркала, поставленного на подоконник, тщательно их расчёсывал и подрезал. После чего шёл к деревенскому магазину, напивался, возвращался домой к вечеру и лупасил Виталика и Виталикину мать. После армии Виталик и сам пытался завести усы, но росли они у него плохо, к тому же рыжего цвета. После нескольких месяцев неудачных попыток и процедур в виде промывания ромашкой, питья чая из полыни и втирания в область усов гусиного жира Виталик окончательно побрился и смирился с тем, что ему придётся прожить жизнь без усов. Сейчас, глядя на усатого сына президента, он пытался вспомнить, были ли в той передаче геи с усами, и не мог воспроизвести в памяти ни одного лица.

Тем временем сын президента закончил свою речь, и публика зааплодировала. Виталик спохватился и, сильно ударяя ладонью о ладонь, зааплодировал тоже.

После стрельбы в тире, заезда на велосипедах и карабкания на столб за призами раскрасневшийся Виталик сказал Наташке:

— Пошли шашлыков поедим! Ты с пацанами иди карауль столик, а я встану в очередь. Тебе пиво брать?

— Ой, ну возьми, чего уж! — смущённо улыбаясь, ответила Наташка.

Виталик вытер лоб бумажным платочком. Жара была невыносимая. Он встал в очередь и стал читать меню в пластиковом холдере. Шашлык свиной, шашлык куриный, куриные крылышки, колбаски на гриле, овощи на гриле, овощи свежие, соус острый, соус пряный, соус томатный, хлеб, лаваш, пиво разливное, безалкогольные напитки в ассортименте. Он почувствовал, как сзади его кто-то слабо толкает в бок. Виталик обернулся. Племянник Руслан с растрёпанными волосами молча кивал на человека, стоящего впереди. Виталик сделал шаг назад и увидел... Джинсы. Белая рубашка-поло. Усы! Это был сын президента! В очереди! Перед ним! Виталик, задыхаясь, благодарно кивнул Руслану, снова вытер лоб и посмотрел на сына президента. Тот рассматривал меню. Виталик решил обязательно заговорить и стал перебирать фразы: «Спасибо, что приехали!», «Как вам у нас?», «Вы на вертолёте прилетели?», «Жарко сегодня», «Как отец поживает?» В это время сын президента оглянулся на Виталика и улыбнулся своими завидными усами. Виталик ещё больше вспотел, но побоялся достать из кармана новый бумажный платочек, потому как это действие можно было расценить, будто он полез за пистолетом, поэтому Виталик, молча улыбаясь в ответ, потел, пот капал на его льняную рубашку, его сушило, и он незаметно глотал колючую слюну. Сын президента снова посмотрел в меню. Виталику хотелось растолкать людей впереди и крикнуть: «Посмотрите, кто тут у нас стоит! Давайте уступим ему очередь!» Он даже представил, как он это говорит: громко, чётко произнося каждое слово, — как на областных совещаниях. Сын президента потом благодарит его и забирает с собой в Минск на руководящую должность. И Виталик дружит семьями с сыном президента, а потом, может, даже и с самим президентом! В это время усы оглянулись, снова улыбнулись и спросили:

— Нравится праздник?

Виталик, задыхаясь, хватанул горячий воздух, во рту у него стало совсем сухо, язык набух, пот лил в три ручья, и он, не сумев произнести ни звука, глядя в рот сына президента, молча обнял его за плечи и поцеловал прямо в улыбающиеся усы.

октябрь 2022

Элхоб фи нофёмбер *

Это был чужой лес. Кора высоких игольчатых деревьев напоминала высушенные палочки корицы, которые дома Амина хранила в стеклянной банке из-под оливок. Она понюхала разрубленную ветку и оказалась в больничной палате с окном, выходящим на разноголосую улицу. Решительно отмахнулась от воспоминаний вонючей палкой и зашвырнула её в горящий костёр.

Старые механические часы, купленные за полторы тысячи фунтов на рынке в Хомсе, показывали, что Самир ушёл 30 минут назад. У Амины потянуло внизу живота, и она зашептала дуу, которой её научила бабушка. Громкие шершавые слова прыгали в огонь, а оттуда вместе с дымом поднимались к Богу.

Амина расстегнула набитое синтепоном, сердито шуршащее пальто и снова поглядела в сторону леса. Несмотря на огромную охапку дров, Самир шёл быстро. Увидев, что жена повернулась в его сторону, он радостно замахал. Амина глядела на мужа, улыбка которого на фоне чёрной бороды была заметна издалека, и боль внизу живота отступала.

— Я волновалась.

* Любовь в ноябре (пер. с араб.).

— Встретил в лесу людей из Дамаска.

Амина приподнялась на куче мягкого лапника.

— Они уже семь дней тут, несколько раз переходили границу, но их возвращали обратно, — Самир подбросил в костёр свежих веток. — Этих дров нам должно хватить на полночи, а потом мы пойдём на переход.

— Самир... — чуть громче недовольного пальто прошептала Амина.

Самир оторвал взгляд от пламени и посмотрел на жену. Ему нравились эти маленькие непослушные завитки чёрных волос, выбивающиеся из-под дурацкой шапки с ушами. Он поднял руку и неуверенно, как в первый раз дотрагиваются до новорождённого, дотянулся до пряди над правым ухом. Амина щекой прикоснулась к загрубевшей руке мужа и улыбнулась.

— Мы должны это сделать. Ради нас и наших детей, — сказал Самир, перешёптывая костёр.

Амина опустила голову и быстро закивала.

На ужин Самир поджарил на огне хлеб. По цвету тот напоминал Амине её любимый баразек, она даже надеялась, что на вкус хлеб будет сладким, но, отщипнув кусочек, рассердилась. Незаметно облизав ложку, она отставила в сторону пустую консервную банку и достала из рюкзака джезву. Амина уловила, как осуждающе закачал головой Самир, и молча на углях сварила кофе с кардамоном и сахаром.

— Мы должны добраться до Германии до того, как у нас закончится кофе.

Они пили по очереди из единственной огромной железной кружки, которую купили на иноземном рынке. Самир бережно дул, и Амина видела, как довольно улыбаются его глаза и борода.

Палатку поставили быстро, на землю положили туристическую пенку, на неё постелили двухместный спальник. Самир подбросил дров. Они сняли куртки и забрались в спальный мешок. Амина нашла руку Самира, сжала её и, глядя в тускнеющее сине-зелёное небо палатки, сказала:

— Самир, а ты помнишь, как мы ездили в Шатт-аль-Азрак, целыми днями гуляли по пляжу и держались за руки?

— И ты съела мою пахлаву!

Амина, не выпуская руку Самира из своей, повернулась:

— Я не могу поверить, что ты до сих пор не забыл про тот маленький кусочек пахлавы!

— Я буду помнить об этом всю жизнь!

— Тогда...

Огонь хрустел по-больничному пахнущими дровами и бросал свои тени на палатку, откуда доносился весёлый гортанный шёпот и приглушённый смех.

Ночью Самир не спал — дремал, проваливался в туманные тоннели и снова открывал глаза. Медленно, стараясь не разбудить жену, расстёгивал тёплый спальник, подбрасывал в костёр дрова, смотрел на небо цвета паранджи его матери и возвращался в палатку. Каждый раз, просыпаясь, он бесшумно касался Амининой прядки волос и потом снова срывался на границу сна и действительности.

В три утра он дотронулся до плеча Амины:

— Пора!

Они быстро собрались, забросили в костёр оставшиеся дрова и, взвалив на плечи рюкзаки, оглядели своё временное пристанище.

— Амина... — Самир двумя руками взял жену за плечи.

Та резко его перебила:

— У нас кофе осталось только на четыре чашки.

Они шли долго: может, час, может, два. Небо было такое же тёмное, как в ночь рождения их первой дочери. Тогда во всём городе не было электричества, и Амина под свет свечи взяла на руки кукольное тельце и заплакала. Остальные четверо их детей появлялись на свет в виде кровавых сгустков, и каждый раз Амина шла в старый город, находила в руинах нужный камень, несла его на кладбище и молча клала рядом с могилой дочери. Самир в эти похоронные дни заваривал яблочный чай, они садились на пол, поджимая под себя ноги, и молча прикасались губами к краешкам стаканов.

— Здесь, — шепнул Самир.

Он достал садовые ножницы, купленные в чужом городе, и стал резать колючую проволоку. Потом руками в горнолыжных перчатках раздвинул её и махнул жене. Амина быстро прошла, оставив на заграждении кусочек белого синтепона. Потом они долго бежали, пока не оказались в глубине леса, такого же колючего и чужого, но ласкового, свободного, с запахом корицы, а не больничной палаты. Самир включил телефон, сверился с GPS, и они быстрым шагом пошли на запад. Амина улыбалась своим ярким мыслям, Самиру, коричному лесу...

ноябрь 2021

Самозванец, у**ывай

9 июня 2021

Из носа пошла кровь. Я хватала её руками, но она сквозь ладошки капала на синее стёганое покрывало, тогда я поджала ноги и свернулась в клубочек, близоруко наблюдая, как кровь превращается в тёмное пятно.

— Леночка, блядзь! — услышала я из коридора Сашин сипатый голос, после чего входная дверь захлопнулась.

***

7 июня 2021

— Обвиняемая Полина Шарендо-Панасюк, встаньте, пожалуйста.

— Я перед бандитами не встаю.

— На судебном заседании вы должны давать показания стоя, это вам понятно? За нарушение порядка вы можете быть удалены из зала.

***

апрель 2009

Больше всего нашей свадьбы не хотела моя бабушка. Когда за семейным обедом в деревне я сообщила имя потенциального жениха и рассказала, что он родился и вырос недалеко от райцентра, бабушка обзвонила всех подруг и разузнала о Сашиной семье всё. Результаты расследования были не радостные: Сашин отец пил и бил, мать гуляла, дед с бабкой воровали колхозное добро, дядька бандитствовал в России. Поэтому даже диплом инженера от БНТУ не смог убедить бабушку. И она бы не дала свадьбе свершиться, если бы не моя уже запущенная беременность.

***

7 июня 2021

— С какого дня под стражей?

— Захвачена в плен 3 января.

— Копию постановления прокурора о передаче уголовного дела для направления в суд получали?

— Знаете, я вашими бандитскими бумагами не особенно интересуюсь. Все эти бумаги будут переданы международному трибуналу после свержения лукашизма.

***

май–сентябрь 2009

Мои родители и брат, который на тот момент уже несколько лет жил и работал айтишником в Америке, сделали свадьбу: заказали местный ресторан, автобус для Сашиной родни и фейерверк на берегу речки. Отец с мамой так ждали первого внука или внучку, что помогли нам с квартирой и работой — так мы осели в моём родном городке. Саша работал в ПМК, я вела математику в гимназии. С работы приходила первая, занималась домашними делами, готовила ужин и ждала Сашу. В то время мы много разговаривали: про ребёнка, работу, новости, — мы вместе смотрели скачанные с торрента фильмы, гуляли в городском парке и встречались с моими друзьями. На выходных мы часто ездили к бабушке в деревню, и Саша копал, сажал, ремонтировал. Бабушка благодарила, давала деньги «на дорогу», но всегда с опаской смотрела на него и с жалостью — на меня. Тогда Саша называл меня Леночкой, в те первые годы он ни разу не назвал меня ни Леной, ни Ленкой — только Леночкой.

* * *

7 июня 2021

— Я вас не считаю судьёй.

— Поясняю вам, что вы можете заявить отвод судье.

— Вы не судья.

— Не доверяете рассматривать уголовное дело?

— В Беларуси возможно только одно уголовное дело — по факту захвата власти.

— Вы заявляете отвод? Встаньте!

— Я встаю только потому, что ко мне было применено насилие. Его применили в СИЗО, превращённом в личную тюрьму Лукашенко. Насилие применяется по отношению практически ко всем политзаключённым.

* * *

2009–2018

Потом родилась Кристинка, через четыре года — Дианка, Саша обзавёлся друзьями и вечера пятницы стал проводить в местной пивной. Вообще, всё развивалось постепенно, поэтому никаких тревожных звоночков я не слышала, разве что уже ходящая с палочкой бабушка иногда спрашивала меня, не пьёт ли Саша. Я отмахивалась: «Ай!» — и потом долго думала: она всё знает или только догадывается? Из пивной по пятницам Саша с друзьями, с пластиковыми стаканчиками и тайком вынесенной из дома закуской переместился на скамейку в парке. Сначала это случалась раз в неделю, и я открывала дверь пьяному Саше, снимала с него ботинки, раздевала, укладывала спать, а утром варила лёгкий куриный суп, который мы вместе ели и шутили о вчерашнем. Потом в парк Саша стал ходить чаще. Я надеялась, что осень с дождями остановит компанию, но к сентябрю они перешли в беседку. Первым звоночком стала болезнь Дианки. Ей тогда было пять, и у неё неожиданно поднялась температура до 39,9. Я металась по квартире и ждала Сашу с работы, на звонки он не отвечал, поэтому я отправила в парк Кристинку. Она, мрачная, вернулась одна, сказала: «Папа скоро придёт», и закрылась у себя в комнате. Тогда я позвонила маме, и та приказала вызывать скорую. У Дианки обнаружили воспаление лёгких, и я легла с ней в больницу. Саша позвонил только на следующий день после обеда. Через час, виноватый, зашёл в палату с цветами и шоколадками.

* * *

7 июня 2021

— Вы не суд. Можете называться сталинской тройкой, полевой жандармерией, но вы не легитимный суд. И больше меня не спрашивайте.

— Это значит, лично мне вы заявляете отвод? В связи с чем?

— Я заявляю отвод всей системе и вам как представителю системы.

* * *

2018–2019

Я простила.

Саша после работы приходил домой, играл с детьми в «Уно», на выходных брал их на рыбалку, даже рыбу потом сам чистил и жарил. Дети были счастливы: «Папа!», «Папа!», «Папочка!» Жили мы так полгода. И однажды Саша не пришёл вовремя с работы. Помню, я смотрела на часы на кухне, а Кристинка сидела за столом и глядела на меня, и я знала, что мы думаем об одном и том же. Когда стемнело, мы с Кристинкой завели Дианку к моим родителям, а сами пошли в парк. Саша лежал под скамейкой, в облёванных джинсах с расстёгнутой ширинкой. Я по-детски заслонила его собой и, как мне казалось, незаметно застегнула ему штаны. Он не реагировал ни на своё имя, ни на толчки. Я смогла усадить его на скамейку и рукой оттёрла засыхающую блевотину со штанин. До квартиры нам помогла его дотащить женщина, которая проходила мимо. Я её сильно благодарила и надеялась, что днём она меня не узнает.

Через неделю я сделала аборт.

* * *

7 июня 2021

— Понятно вам обвинение?

— Это не обвинение, это политически мотивированное преследование. Народ — суверен, он избрал главой государства Тихановскую. В Беларуси развязана война против народа, масочный режим используется бандитами для анонимизации...

— Вину признаёте?

— Подчёркиваю: то, что я здесь нахожусь, — это политически мотивированное преследование. Это уголовное дело, в котором потом вас обвинят.

* * *

2019–2020

Так прошло почти два года. Утром и днём — надежда на обещания, вечером — парк. Конечно же, у нас были и трезвые дни. Я их отмечала на настенном календаре едва заметной маленькой красной точкой. Потом пересматривала: в месяц — два-три квадрата с красной точкой. Были ещё дни, когда Саша выпивал, но не напивался. И тогда он играл с детьми. Кристинка хмурилась, а вот Дианка радовалась.

Как-то он привёл друзей домой. Помню, я обрадовалась: будет пить дома, под надзором. Выставила закуску, сама за стол села, рюмку выпила, он тогда посмотрел на меня с гордостью, что ли. Друганы его были ничего: говорили о политике, о местных новостях, об армии. Помню, водка меня сильно по голове ударила, и я пошла спать. Проснулась среди ночи: Саша спит на диване в зале, друганов нет, а Кристинка лежит у себя в кровати и плачет. Тогда я ей пообещала, что больше у нас попоек не будет. Так и уснули мы с ней в обнимку.

* * *

7 июня 2021

— Значит, виновной вы себя не признаёте, я правильно вас понял?

— А вы себя признаёте виновным?

128

— Вопросы суду не задают.

— Вы участвуете в политических репрессиях.

— Вопрос снимается.

— Нет, вопрос не снимается. Вопрос фальсификации выборов ещё не закрыт. Он будет закрыт тогда, когда Лукашенко будет отстранён от власти и над всеми, кто участвует в этих дурных процессах, издевается над людьми, отдаёт преступные приказы, пройдут настоящие суды. Вот тогда этот вопрос будет закрыт.

* * *

декабрь 2020

Когда Сашу уволили с работы, к нам домой пришёл мой отец. До этого дня родители помогали мне с детьми, материально, но никогда не вмешивались в личную жизнь жены алкоголика. Отец позвонил в дверь утром, принёс с собой маленькую бутылку пива и попросил меня с детьми пойти прогуляться. Когда мы вернулись, Саша и отец ели борщ. Бутылка пива стояла нетронутая. Отец сказал, что на завтра договорился о кодировании, и если я захочу, то тоже могу поехать поддержать Сашу. Я захотела. За процедуру кодирования отец заплатил сам, благодаря ему же Сашу вернули на работу. А через неделю умерла бабушка. Гроб с её телом на руках рядом с отцом и братом, прилетевшим из Сан-Франциско, нёс Саша. И я была ему за это благодарна.

* * *

9 июня 2021

— Признаёте иск?

— Могу только поздравить этих двух мужчин со способом, который они выбрали, чтобы кормить семью. Деньги с меня взыщут, вы получите эти 30 сребеников,

129

но они не принесут вам счастья, вспомните, как закончил Иуда.

— Признаёте иск?

— Нет. Это не иск, это грабёж.

— Обвиняемая, иск признаёте?

— Благодарю международное сообщество за введение санкций против режима Лукашенко и призываю к Международному трибуналу!

* * *

май 2021

На лето родители вместе с Кристинкой и Дианкой уехали к брату в Америку. Я осталась с Сашей, которому в конце мая дали отпуск, и мы подумали, что ему лучше провести его в бабушкиной деревне. В выходные я решила сделать сюрприз и на утреннем автобусе приехала к Саше. Когда я зашла в бабушкину хату, за столом сидел Васько, местный пьяница, бывший учитель истории, Трущиха, известная деревенская гулящая баба, и Саша. Судя по закуске, пьянка длилась уже сутки. На краю стола, опираясь на сахарницу с отбитой ручкой, стояла фотография бабушки в старой деревянной рамке. Она смотрела на стол с нарезанными жёлтыми кусками сала, чёрными прямоугольничками хлеба, огурцами с каплями присыпанной соли и полукружочками обветренной колбасы. Я в ужасе схватила фотографию, прижала к купленной вчера в секонд-хенде блузке и выбежала из дома. Как в детстве, я спряталась под плетущимся виноградом, посаженным ещё моим дедом, и разрыдалась. Я плакала и шептала извинения бабушкиной фотографии, молилась, чтобы она пришла, обняла и вернула мне моего Сашу. Когда я снова зашла в хату и бабушкиным голосом приказала всем расходиться,

Саша замычал, Васько стал приглашать меня за стол, а Трущиха заулыбалась. Я подошла к Ваську и легонько подтолкнула его в сторону дверей. Тогда Саша ударил меня в первый раз.

* * *

9 июня 2021

— Обвиняемая, есть ли вопросы?

— Вам не стыдно?

— Вы не можете задавать вопросы суду. Вопросы к свидетелю?

— Вам не стыдно?

— Вопрос снимается.

— Совесть есть?

— Вопрос снимается.

— Как в глаза родным будете смотреть?

* * *

9 июня 2021

Через пару недель, когда деньги и ценные вещи в бабушкиной хате закончились, Саша приехал домой. Я посмотрела на него — борода, коричневое от загара и алкоголя лицо, бегающие глаза, вонючая одежда и застиранный пакет «Райпо» — это всё было не просто чужим — чужеродным. Сипатым голосом он потребовал деньги, я отказала, тогда он подошёл к моей сумочке, висевшей в коридоре на вешалке, и дрожащими руками открыл её. Я нащупала кошелёк первой и убежала с ним в спальню, он пошёл за мной, повалил на кровать и попытался дотянуться до кошелька, который я держала в вытянутой руке над головой. Он лежал на мне и боролся, вдавливал меня в матрас, вместе с кроватью подаренный родителями на нашу свадьбу, и вдруг я

131

почувствовала, как напрягся его член, и в тот же момент он быстро расстегнул ширинку, задрал мне юбку, спустил трусы, раздвинул ноги и резко вошёл в меня. Я не помню, что думала в тот момент, но помню, что ощутила омерзение. Он быстро кончил, достал член, выхватил кошелёк, кулаком ударил мне в лицо, поднялся с кровати и застегнул ширинку. Из носа пошла кровь. Я хватала её руками, но она сквозь ладошки капала на синее стёганое покрывало, тогда я поджала ноги и свернулась в клубочек, близоруко наблюдая, как кровь превращается в тёмное пятно.

— Леночка, блядзь! — услышала я из коридора Сашин сипатый голос, после чего входная дверь захлопнулась.

* * *

9 июня 2021

Когда суд огласил приговор, она достала плакат «Самозванец, у**ывай».

август 2022

В тексте использовались диалоги из суда над Полиной Шарендо-Панасюк, опубликованные на сайтах Правозащитного центра «Вясна», Хартыя’97, «Настоящее время».

Ду ю спик инглиш?

В детстве я любила «Икарусы». Красные, с мягкими сиденьями, нежно подпрыгивающие на колдобинах провинциальных дорог. Казалось, зайдёшь в «Икарус», сядешь на место с подымающейся ручкой, потрогаешь обвисшую сетку на спинке, стараясь не касаться скомканной жирной беляшной бумажки внутри, посмотришь в бесконечное окно, прочитаешь про «запасный выход» и уедешь далеко-далеко — туда, где есть счастье.

Автобус «Столин-Пинск» оказался МАЗом и острыми углами напоминал мне «Икарус», но был блёкло-белым, как и любая взрослая жизнь. От него пахло дизелем, холодом ночной стоянки и смесью маленького городка с деревней. На наших местах под номерами 11 и 12 уже разговаривали две женщины в чёрно-красных косынках, с хозяйственными сумками под ногами, поэтому мы прошли дальше и сели недалеко от маргинального заднего ряда.

— Все с билетами? — прокричал водитель, которого я помню молодым шофёром «Икаруса».

Городские мужчины наперебой заотвечали:

— Все!.. Все!..

После Столина в автобус стали заходить знакомые постаревшие люди. Я не помнила ни их имён, ни имён их детей, но я их знала. Они были частью меня, частью моего детства и ранней юности. На грудь упал ворох воспоминаний: очередь, магазин, уборщица, отец, школа, линейка, хор, олимпиады, дефицит, Первое мая, Девятое мая, Седьмое ноября, Пасха, библиотека, клуб, площадка, турник, грибы, молоко. Воспоминания закружились по моим венам, перетекая из одной в другую, царапая, пролезли через сердце и вприпрыжку побежали по сосудам дальше. Я выпила воды, сжала большую руку мужа, он оторвался от поля за окном и вопросительно посмотрел на меня.

Когда в окне появились миниатюрная бледно-голубая церковь и возмужавший лесок с маслятами, мне захотелось зайти на кладбище и проведать бабушку и Максимовну. Как будто моя деревня совсем не умирала, а уже умерла и в ней осталось только кладбище с датами, в которые я плакала. «Беременным нельзя». Я не верила, но не могла рисковать. Только прошептала мужу, что вон она, моя деревня-то! Он признался, что помнит.

В последний раз мы были здесь на похоронах моей крёстной (господи, мы так давно уже рядом, что вместе хороним людей). Муж с нашим сыном в коляске молча бродил по полупустой деревне, а я отпевала крёстную в когда-то громадной церкви. Батюшка пел, а я слышала её надрывный голос из детства: «Олег! Олег!» — и с высоты смотрела на себя, в майке с обтягивающими меня ракетами и космическими кораблями, и на своего друга Олега, который торопился домой.

«Женская консультация» — было написано кричащими большими проволочными буквами с женским наклоном вправо. Я подумала, что в темноте они наверняка светятся зелёным. Или красным. В здании был пандус для женщин с колясками или в колясках и две одинаковые евродвери: одна — для входа женщин, а другая — для их выхода. На входе или выходе был гардероб с гардеробщицей-женщиной. В плиточном светло-коричневом коридоре, уткнувшись в телефоны, сидели женщины.

Я сказала мужу вытащить всё из карманов куртки — он озадаченно посмотрел на меня, но молча переложил две мятные конфеты в рюкзак. Мы сдали верхнюю одежду в гардероб. Женщина с выкрашенными в «Бургунд, 6.3» волосами выдала нам жетоны с номерами 114 и 115. Я подошла к евроокошку регистратуры, поздоровалась и назвалась. Женщина в колючей сиреневой кофте с горлом, торчащим из-под белого халата, посмотрела в большую тетрадь в клеточку, где учитывались все беременные женщины города П. и близлежащих к нему районов, нашла в синем списке меня, выдала смято-картонный талончик с номером 27 и отправила в девятый кабинет. Я усадила мужа на деревянную скамейку у белой двери и маленькими шагами, едва отрывая ноги от земли, пошла в туалет: уборщица в голубом халате совсем недавно серой мешковиной протёрла половую плитку, и мне казалось, что я могу заскользить по ней и не успеть вцепиться в шершавую желтоватую стену.

В уборной стоял запах хлорки и тёплой мочи. Я закрыла дверь своей кабинки на крючок, присела, стараясь не касаться унитаза без сиденья и крышки, и помочилась. Было неудобно, мешал живот, я по-мужски целилась струёй в унитаз и так же по-мужски промахивалась. Струя бежала, а я читала объявление, прикреплённое скотчем на двери: «Уважаемые женщины! Просьба все средства гигиены и туалетную бумагу бросать в предоставленную урну». Я оглянулась: рядом с унитазом стояло коричневое ведро с уже использованной бумагой. Глаз выхватил пятна кала и крови. Я достала из кармана бумажную салфетку, вытерлась, выбросила её в ведро, распрямилась, заправилась, отбросила крючок. Работал только кран с голубым набалдашником. На краю раковины лежал сопливый мыльный огрызок, я взяла его, намылила руки и сполоснула их водой.

Муж сидел на том же месте и рассматривал настенные плакаты о здоровом образе жизни. Я присела рядом. Дверь с фальшиво-серебристой ручкой приоткрылась, оттуда выглянула женщина в белом халате с короткими рукавами и громко, пытаясь звучать на всю длину коридора, произнесла:

— Костюк! — и исчезла в кабинете под номером 9.

Я приоткрыла дверь, одной головой поздоровалась и спросила, можно ли с мужем. Женщина в белом, которая выкрикивала мою фамилию, посмотрела мне в голову и бросила «Можно», я его подобрала, кивнула мужу, и мы вошли.

— Здравствуйте! — снова сказала я.

— Ждрашчэ! — муж.

Врач в ответ просканировала нас глазами, и мне захотелось, чтобы у неё в это самое мгновение раскрылась черепная коробка с отросшими тёмными корнями волос и оттуда с принтерным звуком выползла бумажка: «Ваш будущий мальчик здоров!» Но бумажка не появилась, и я достала из рюкзака унизительную бело-розовую пелёнку, которую мне в последнюю минуту вручила мама.

— Ложитесь!

Пелёнка накрыла холодную фальшивую кожу кушетки, я расстегнула и приспустила штаны и легла, задрав футболку с карикатурными «The Beatles». Муж присел на стул около двери.

В лежачем положении живот выглядел большим, и я снова с ужасом предположила, что ДОТ-тест был неправ и у нас могут быть близнецы. Зеркальная лампа на потолке ярко отсвечивала, и я повернула голову к женщине-врачу и экрану. Я увидела, как она выдавила гель на головку датчика, а потом почувствовала холодное и склизкое прикосновение. Женщина-врач водила датчиком по моему набухшему животу, вдавливала, стремясь что-то нащупать, отвлекалась на экран и разговаривала с медсестрой:

— 72... 56... 281... 159... 34 и четыре десятых.

Я слышала, как медсестра стучала по клавиатуре длинными ногтями. Я закрывала глаза, открывала их после каждой цифры и пыталась разглядеть мальчика на чёрно-белом экране с белым шумом. Я заговорила с мужем на его языке и сказала, что УЗИ проходит «ok» и скоро нам всё скажут. Я намеренно сказала «say», потому что знала, что никакого «tell» не будет. Через датчик я почувствовала, что женщина-врач посмотрела на меня, потом датчик вдавился, достал до ножки мальчика, и мальчик с силой его оттолкнул.

— У вас мальчик.

— It's a boy, — сказала я.

Муж совсем незаметно, только для меня улыбнулся:
— A boy...

Женщина-врач приказала:
— Вставайте!

Я неуклюже села, достала из кармана бумажную салфетку и вытерла живот. Мне было холодно и до боли в горле хотелось пить. Животу тоже было холодно, я накрыла его футболкой и мягкой кофтой для беременных. Я не смотрела на мужа — я смотрела на женщину-врача, и мои ноги качались в такт набирающего скорость сердца. Женщина-врач перебрасывалась цифрами и терминами с медсестрой, а я уже шла на плаху.

— Скажите мужу, чтобы вышел, — ударила женщина-врач.

Я одолжила у мальчика всю его мужскую храбрость и спокойствие и на языке мужа попросила подождать за дверью. Я видела, как он встал, сгорбился, положил руки на затылок и ушёл на расстрел. Женщина-врач смотрела в распечатанную бумажку, а я думала о том, как буду жить с двумя сыновьями — обладателями удостоверений инвалидов и чем именно меня сейчас удивят: пороком сердца? скоплением спинномозговой жидкости в черепе? отсутствием головного мозга? снова синдромом Дауна?

Где-то из самых пяток я достала свой голос и произнесла:
— Что-то случилось?

Женщина-врач губами на спине, наспех подкрашенными перед зеркалом ещё ранним утром, по-бабьи проворчала:

— Скажите мужу, что не только он умеет говорить на английском... Плод здоров, отклонений нет, фотографию забирать будете?

Мне хотелось дышать и душить. Я посмотрела на провод, соединяющий датчик и аппарат УЗИ, прижала к увеличивающейся груди мамину пелёнку, взглянула на уже стирающуюся в памяти женщину-врача и эхом переспросила:

— Плод здоров?

— Да, всё хорошо!

Я сделала раз, два, три, четыре, пять, шесть, семь, восемь, девять шагов, открыла дверь и растворилась.

— Пошли! — сказала я мужу на своём языке. Он непонимающе посмотрел, но поднялся и двинулся за мной. Я выскочила из белых евродверей и, захлёбываясь холодным весенним воздухом, задышала:

— Ev-ry-zink... iz... goot... bay-be... iz... goot... Go... coat... ant... jae-ckat... Fast... Vo...tah...

Муж достал из рюкзака воду, открутил синюю пробку и протянул мне бутылку. С пробкой в руке он прошёл сквозь евродвери, предназначенные для выхода женщин, и через пару глотков вышел с моим пальто и своей курткой в дрожащих руках.

июль 2022

Снег выпал —
и очень красиво*

Что я думаю о войне?

Я думаю: говорила ли ещё что-то в интервью «Новой газете» мать захваченного в плен Даниила Воробьёва из города Сокола Вологодской области, Россия? Просила ли она прощения у моей двоюродной сестры, которая с 24 февраля 2022 года живёт в подвале одной из больниц Харькова, Украина? Было ли ей стыдно перед журналисткой? Стыдно ли ей сейчас перед соседями, перед украинцами?

Я думаю о тех, кто встретил мою подругу Янку в Буче Киевской области Украины. Янка сказала, что они были добрыми и пытались её утешить. Они всё ещё добрые или уже нет? Они уже стреляют по жилым домам в окрестностях Киева или ещё нет? Они всё ещё утешают мирных жителей или стреляют в них в упор? Они ещё живы?

* Из сообщения двоюродной сестры Карины, Харьков, Украина.

Я думаю о Юлии Чичериной, о которой не слышала с 2009 года — с тех пор, как уехала из Москвы, Россия. Что с ней случилось? Неужели и она смотрела телевизор? И читала «Комсомольскую правду»? На какой ноте она сфальшивила? В каком месте сбилась? Что стало триггером для того, чтобы натянуть на себя мешковатую военную форму Донецкой народной республики? Луганской народной республики?

Я думаю: если дать в руки автомат моему отцу из города Иваново Брестской области Республики Беларусь и приказать стрелять в украинских нацистов, нажмёт ли он на курок под крики командира добровольческого формирования ябатек Беларуси? Выстрелит ли он в своего шурина случайно или намеренно? И что он потом скажет? «Одним нацистом меньше»? Или его вырвет и он заплачет?

Я думаю: заговорит ли дочка моей подруги из Львова, Украина, станет ли она есть как обычный шестилетний ребёнок и пройдёт ли у неё тик? Смогут ли они в Польше найти детского психолога, который говорил бы на украинском языке? Кем она станет, когда вырастет?

Я думаю про свою знакомую Алёну из Харькова, Украина, которая улыбается мне на фотографии в форме, бронежилете и каске. Я думаю, что она слишком часто употребляет слово «суки» и что я не могу к этому привыкнуть. Но она, видимо, смогла.

Я думаю: каким будет Ростислав Пинчук, уроженец Петрозаводска, столицы Республики Карелия,

Россия, когда вернётся из плена домой? Он женится и у него родятся дети? Мальчик и девочка? С разницей в два года? Он пойдёт работать? Купит в кредит машину Haval? И на выходных будет ездить на рыбалку? Или он будет жить с матерью и пропивать её пенсию, как это делал мой сосед, который вернулся из Афганистана?

Я думаю о знакомой из Томска, Россия, которая больше двадцати лет прожила в Новой Зеландии и в 2014 году у себя в «Фейсбуке» написала «Крым наш»? Пишет ли она сейчас «Чернобыль наш», «Федько София Олеговна, 6 лет, наша», «Федько Иван Олегович, полтора месяца, наш», «Украина будет нашей»?

Я думаю о моей бывшей лучшей подруге из Москвы, Россия. Она по-прежнему гордится реактивными системами залпового огня «Град» и «Ураган», которые по девятому дантовскому кругу вспахивают Мариуполь? И кого она теперь любит больше: Сталина или Путина?

Я думаю о том, что в городе Дальнегорске Приморского края России школу назовут именем гвардии рядового Владислава Овчинникова, удостоенного ордена Мужества посмертно за участие в «спецоперации» в Украине. Я думаю: сколько украинцев лично убил гвардии рядовой? Гордятся ли его мать и отец тем, что именем их сына — потенциального убийцы — назовут школу?

Я думаю про Настю из Киева, Украина, которая написала мне: «Мы с мужем остаёмся в Киеве. Мы обязательно выживем, и тогда я приглашу всю вашу семью праздновать победу».

Я думаю, в 2022 году я поняла, что война — это не поле сражения двух танковых дивизий, это не окопы и крики «В атаку!», это вообще ни разу не Брестская крепость. Война — это Даниил, Настя, Карина, София, Юлия, Ростислав, Алёна, Владислав, Яна, Михаил, Ольга, Виктор, Иван, Светлана, Игорь, Ямуна и ещё много-много-много человеков.

март 2022

Сорам

Наша соседка была хабалкой: по-империалистически большой и громкой, по-богатому нахальной, по-самбистски физически крепкой. Её звали совсем по-мужски — Влада, и только приставка «тёть» делала её бёдра и грудь более округлыми, убирала с бороды одинокие чёрные волоски и перерисовывала очертания лица, добавляя в него несколько мазков женственности. Тёть Влада была нашей родственницей: то ли двоюродной сестрой батьки, то ли троюродной — мати, то ли бывшей женой дядьки по батьковой линии. На правах родни она врывалась в дом, оглядывалась, словно продумывая ходы к отступлению, оттяпывала кусок пирога, распластанного на большом блюде под тканым полотенцем, сообщала последние новости деревни и Кремля и уходила.

Что я могу сказать про своего батьку? Обычный колхозник, всю жизнь проездил на тракторе «Беларус», в кабине которого за спиной у него висел плакат с полуголой моделью из 90-х, а впереди с зеркала свисала иконка святого Серафима Жировичского. Всю жизнь продавал солярку за бутылку чернила, всю жизнь по пьяни лупасил мати, всю жизнь попадало и мне. Мамка прятала меня в сарае в старом бездонном шкафу, в погребе среди банок с салом и на колючем сеновале, под зимними яблоками. Как только я вырос до понимания, что гулять на улице можно допоздна, у меня появилась параллельная вселенная, и я относился к дому как к месту, где кормят картошкой с кислым молоком и разрешают поспать под серо-белым пододеяльником с дыркой в центре. Для девятилетнего пацана это было не так уж и плохо до тех пор, пока мати в летний сезон прополки огорода не поехала на заработки в Польшу и не пробыла там два месяца, две недели и три дня, пока ей не позвонил директор школы.

В тот день я вернулся с улицы пораньше: хотел помыть грязную картошку и сварить её прямо в мундирах. Вбежал в дом, услышал крики и механически открыл дверь в родительскую спальню. Широкая спина соседки с маленькими жирными крылышками двигалась в ритме неведомого взрослого танца. В голове пронёсся разговор пацанов на школьном стадионе, и я понял, что соседка и отец еблись. Вместе с этим словом у меня к горлу поднялся ком съеденного в обед борща, который мати сварила два дня назад, перед отъездом, и я с хрипящим звуком, перекрикивая еблю, вместе с раненым воплем вырвал его на коричневые доски пола. Спина тёть Влады повернулась ко мне огромной с набухшими тёмно-коричневыми сосками грудью, голова отца приподнялась с кровати и крикнула:

— А ну пошёл отсюдова!

Я выскочил и выбежал на крыльцо, где из меня комками из капусты, картошки и свёклы выходил мамкин борщ. Я блевал на светящиеся счастьем бархатцы и воротом майки вытирал рот. Отец, с голым торсом и в спортивных штанах, вышел с кипятильником в руке. Он схватил меня сзади, поволок в дом и отстегал по жопе проводом. Тёть Влада, одетая в бархатный халат с хохломскими бордовыми розами, сердито ступая по половику, вышла на улицу. В те минуты я испытывал стыд, и он был больнее кипятильника. Стыд за жирные крылышки, за мягкую грудь с твёрдыми сосками, за взлохмаченную голову отца, животные крики и стоны. Мне было стыдно до красной рвоты.

После вторжения отец лупил меня каждый день. Сначала шнуром от кипятильника, потом — своим армейским ремнём с тяжёлой, оставляющей следы солдатских сапог пряжкой, затем — прутьями. Вы думаете, я придумываю, как та девчонка в короткой юбке, что поздним вечером возвращалась домой по тёмному переулку? Но я не шучу — однажды он на своём тракторе перевозил сено, а рядом росли ивы, и он нарезал прутьев, которыми потом хлестал меня по спине.

Когда я стал приходить домой попозже, тёть Влада тоже стала задерживаться. Сначала я замечал у нас на крыльце её чёрные, с высохшим коровьим дерьмом, резиновые боты, потом слышал стоны и смех, садился на ступеньки, смотрел на весёлые бархатцы и думал про бабку и деда, которых у меня никогда не было. За эти недели дом наполнился тёть Владой до границы: я чувствовал запах её фальшиво цветочных духов, находил в ванной её огромные застиранные трикотажные трусы, замечал сиреневые, словно от кипятильника, её следы на шее отца. Тёть Влада, как сильный самец, метила территорию, отвоёвывала её, но мати не сдавалась: на вешалке в веранде по-прежнему висела её любимая голубая, цвета неба, куртка, на кухне в глаза бросался сияющий жёлтыми подсолнухами фартук, в котором мати лепила вареники с черникой, на стене в зале, прибитая гвоздём, висела фотография счастливых меня и мати.

Это было воскресенье. Сашка Пайщиков на глазах у всех наших стал изображать, как ебутся мой батька и тёть Влада. Он так похоже передал крики и стоны, что пацаны, сидящие на вкопанных тракторных колёсах, по-конски заржали, а я не удержался и врезал ему в веснушчатую рожу. А там понеслось! Куча-мала, порванные майки, лопнутые в штанах резинки, фингалы, кровь. В общем, домой я бежал в слезах, соплях и с разбитым носом. Мне хотелось дойти и обнять бабку и деда, обнять мати и почувствовать любовь, без криков, вздохов, тёть Влады. Настоящую любовь без ебли. Отец уже стоял на крыльце с кипятильником в руках, он встряхнул им, словно увядающим членом, вылезающим из тёть Влады, и направился в дом. Я знал, что он сядет на стул, спиной к двери, и будет ждать. Он всегда так делал, словно пытался сказать: не боюсь тебя, маленькая вошка! А я знал, что топор стоит в сарайчике с дровами, справа от входа, нащупал его рукой, вытер беспорядочно текущие слёзы, сопли, кровь, чтобы они снова закапали уже мне на майку, на материны красочные половики, на деревянный пол вместе с каплями крови из отцовской головы.

Мати приехала на следующий день. Седая, худая, очень красивая. Рассказывали, что она сразу же побежала к тёть Владе и жилистыми руками тяжело работающей бабы вцепилась в жирную, словно нефть, шею. Спасли соседи — оттащили, напоили колодезной водой, отвезли в райцентр. Когда она зашла в бесцветную комнату для свиданий и бросилась ко мне, держа наготове любовь, я встал на колени и заплакал.

март 2022

Воронка

Баба Маня стояла посреди огорода и смотрела на огромную воронку и обломки белой, запачканной землёю, ракеты. Она громко, по-старчески причмокивала губами, вздыхала и думала про то, что ей нужно идти в магазин и покупать бутылку вина, а потом втайне от Лявонихи просить Лявона закопать яму.

Земля, которую ракета разворотила, уже более полувека роди́ла для бабы Мани и всей её семьи картошку, лук, морковку и чеснок. Баба Маня любовалась тёмно-серыми, словно уголь из школьной котельни, сгустками земли. Она нагнулась, подняла комок, размером с большую картофелину, и медленно размяла его в своих шершавых руках. Земля пахла дымом и чем-то незнакомым, чужим, инородным. Баба Маня стряхнула её, словно сплюнула, вытерла руки о верхнюю рабочую юбку и услышала, как к дому подъехала машина.

Из колхозного уазика вышел председатель и уверенно открыл брамку.

— Здрасте, Мария Васильна!

Баба Маня помнила председателя ещё малы́м хлопцем, который крал у неё во дворе сливы, называли его тогда все Булкой — за пышность форм и мягкость характера: постоять за себя Булка не мог, поэтому каждый раз, когда деревенские хулиганы колотили его, он горько плакал и бежал домой жаловаться отцу-бригадиру. Теперь к председателю обращались только «Пётр Иванович», хотя за глаза по-прежнему звали Булкой — не из-за живота, который сегодня всей своей мощью упирался в пуговицы бело-голубой рубашки, а уже по сложившейся деревенской традиции.

Баба Маня в ответ на приветствие кивнула, а Булка по-хозяйски направился в огород.

— Та-а-ак, Мария Васильна, я вызвал милицию, они уже выехали из райцентра. Вы тут ничего не трогайте — нужно дождаться специалистов.

Баба Маня поправила на голове хустку.

Пока Булка ходил вокруг воронки, пытаясь разглядеть обломки ракеты, баба Маня незаметно прошла в хату. В веранде она сняла старые растоптанные туфли давно умершего мужа, надела коричневые тапочки, подаренные дочкой, в кухне повесила на крючок изношенную синтепоновую куртку, купленную в Ленинграде, куда баба Маня в молодости возила продавать груши, на куртку накинула уличную, когда-то пуховую, хустку. Она прошла на веранду и поставила на газ эмалированный чайник, закрыла за собой дверь в кухню, подошла к грубке, подкинула пару поленьев, пододвинула слончик и присела на него, положив руки на распахнутую ногами юбку.

Баба Маня повернула голову к большой деревянной, проеденной жучками, рамке, которая висела над обеденным столом. В рамке были собраны фотографии всех умерших: свадебная фотокарточка молодых, похожих на артистов советского кино, отца и матери; чёрно-белая, расплывчатая, с подтекающим правым нижним углом, фотография сидящих на стульях серьёзных деда с бабкой; вечно счастливый Михась в новом костюме — муж бабы Мани, утонувший в Горыни во время ночной рыбалки на сомов; и цветная карточка Óлеся — сына, погибшего в армии в возрасте девятнадцати лет и двух месяцев.

Она смотрела на отца, который пришёл с войны летом 1945-го, родил её и умер. Мать говорила, что у него было тяжёлое ранение, а тётка как-то раз прошептала, что скончался он от пьянки: захлебнулся своей блевотиной. Но баба Маня тётке не верила и с самого детства спала с отцовской фотокарточкой под подушкой. «Тато, тато», — шептала она молодому красивому парню, который улыбался в объектив заезжего фотографа. Вот и сейчас баба Маня тихонечко, едва перекрикивая разрывающиеся в грубке дрова, рассказывала отцу про ракету и воронку, про свои новые заботы о бутылке вина и, по многолетней привычке, молча жалела, что отца нет в живых.

Баба Маня приподнялась и выглянула в окно: рядом с уазиком остановилась милицейская машина, из неё вышли трое в форме. Она сняла с плиты закипевший чайник и заварила чай. Чай её научила пить хозяйка комнаты, которую молодая баба Маня снимала в Ленинграде, куда в конце лета возила продавать груши. Анна Константиновна, маленькая, полностью седая, чудно говорившая на порой непонятном русском языке, учила бабу Маню бережливо относиться к еде и занималась тем, что каждый день спасала от мусорки подгнивающие Манины груши. Анна Константиновна варила компот, закрывала белыми капроновыми крышками варенье, перетирала груши в пюре, пекла пироги, добавляя туда щепотку молотой корицы. Баба Маня раз в год, к Рождеству, получала из Ленинграда посылку: с шоколадными конфетами, пачкой заварки и детскими книгами. Сама баба Маня в ответ ничего не отправляла, но каждое лето кроме груш везла в Ленинград банку закатанного сала, домашнюю тушёнку, сыр, приготовленный в печке, картошку, огурцы, помидоры и непременно две пары связанных за зиму тёплых носков. Анна Константиновна каждый день Маниного пребывания благодарила её за гостинцы и, несмотря на лето, ходила по квартире в обновке.

В дверь постучали. Баба Маня накинула жилетку, перешитую из старого пальто, и вышла на веранду. На крыльце стоял молоденький милиционер.

— Здравствуйте, Мария Васильевна!

Баба Маня кивнула.

— В общем, ракета сама себя обезвредила, бояться нечего, мы забрали обломки на экспертизу. В ближайшее время к вам приедут солдаты из воинской части, которая выпустила эту ракету, и закопают воронку.

Баба Маня молча глядела на чисто выбритое лицо белёсого милиционера.

— Ну... — милиционер замялся. — Всё тогда! До свидания!

Она закрыла дверь, внесла заварку и чайник на кухню, подложила под чайник засаленную обложку книги «Научный коммунизм» и налила в большую кружку с розовым шиповником на боку сначала утреннюю заварку, потом кипяток, а затем положила две ложки сахара. Баба Маня села за стол и, громко стуча ложкой по стенкам кружки, поглядела на фотографию Михася, где он в костюме и галстуке стоял у новой брамки.

С будущим мужем баба Маня познакомилась на работе: он приехал в колхоз строить коровник, а она после техникума работала в конторе. Сначала они просто разговаривали: бабе Мане нравился певучий беларуско-полесский говор Михася. Потом стали ходить в клуб на танцы, после танцев Михась провожал бабу Маню до дома и рассказывал ей про болота, клюкву, грибы и почему-то Брестскую крепость, куда он ездил на экскурсию незадолго до начала работы в селе бабы Мани. Когда коровник достроили, перед самым отъездом домой Михась сказал, что приедет в сваты, и после Великого поста и Фоминой недели вместе с братом, отцом, матерью, бабой, дедом и двоими крёстными подъехал к дому бабы Мани на грузовой машине. Мать бабы Мани не хотела отдавать дочку замуж не в родную деревню, да ещё и за беларуса, но скрепя сердце поддалась Маниной любви и благословила молодых. Свадьбу уже сыграли в Бухличах, на родине Михася. Гуляли два дня: в субботу расписались в сельсовете, а в воскресенье поехали в другую деревню на тайное венчание. После свадьбы молодые пошли жить в хату Михасиных батьков, оттуда перебрались в свою, только когда сыну Олесю исполнилось два года. Потом здесь родились Янка и Михалина. Тут же, в зале, в гробу, лежал сначала Михась в выходном костюме, а затем и Олесь в военной форме.

Допив чай со старой просвиркой, баба Маня перекрестилась на икону Господа Вседержителя, которая висела рядом с большой рамкой с фотографиями, — и иногда бабе Мане казалось, что она молится умершим родным, а не Богу. На улице резко затормозила машина. Это был тёмно-зелёный военный КАМАЗ с будкой и с белой немецкой буквой «Z» на кабине. Из кузова начали спрыгивать солдаты с лопатами в руках, а из кабины вылез высокий мужик в военной форме. Баба Маня надела синтепоновую куртку, туфли, хустку и вышла на крыльцо.

— Здравствуйте! — чудно заговорил военный.

Баба Маня чуть заметно кивнула.

— Мы приехали закопать воронку, — он осмотрел двор.

Баба Маня махнула рукой в сторону огорода.

Военный дошёл до воронки, поглядел в неё, как будто пытаясь там что-то найти, и махнул рукой сидевшим на корточках у ворот солдатам. Те встали, подобрали прислонённые к плоту лопаты и зашагали к командиру. Баба Маня всё ещё стояла на крыльце и молча кивала на приветствия проходящих мимо солдат.

Когда солдаты воткнули в мягкую землю лопаты, баба Маня зашла в хату и снова поставила чайник. Она опять села на слончик у грубки и взглядом скрестилась с сыном. Олесем его придумал назвать Михась. Баба Маня не сопротивлялась, хотя модное «Сашка» ей нравилось больше. Олесь был хорошим хлопцем. Теперь баба Маня уже не могла вспомнить ни одного его проступка, хотя он в старших классах наверняка курил и воровал самогон, чтобы выпить с друзьями перед танцами в клубе. Баба Маня помнила, что Олесь делал всю работу: косил, пахал, доил корову, рубил дрова. Она только не позволяла ему забивать кабана, хоть он и просился, но каждый раз для этого дела она приглашала Лявона. В тот день ей позвонили в контору. Командир Олеся сообщил, что её сын погиб во время учений. Баба Маня закричала и присела на пол. Фельдшер Ярутич приходил к ней домой каждое утро и вечер и колол успокоительное. В день, когда военный КАМАЗ привёз гроб с телом её сына домой, она впервые отказалась от укола.

— Мать? — позвали из-за двери.

Баба Маня поправила хустку и вышла на двор.

— Иди принимай работу — мы всё закопали и разровняли!

Баба Маня подошла к огороду: воронка растворилась, земля была аккуратно разровнена граблями, только в некоторых местах были видны следы солдатских ботинок.

— Огород готов к посадке! — весело отчеканил командир. — Ты, мать, не переживай! Мы сейчас всех украинских фашистов перебьём — и ничего тебе угрожать не будет!

Баба Маня подняла голову на командира, прищурилась и неожиданно громко сказала:

— Ось переб'єте всіх українських фашистів та й повернетесь додому, а я нарешті зможу їхати до могили матері та батька, який під час війни вбивав німецьких фашистів. Зараз під обстрілами до свого села навіть через ліс потрапити не можу. Тож йдіть тепер навчатися стріляти та й не потрапляйте по городах старих пані, бо клястимуть вони вас на багато поколінь вперед, ні ваші діти, ні внуки, ні правнуки не зможуть жити на своїй землі. Йдіть но звідки прийшли, бо українські фашисти посадять бульбу на ваших кістках.

Баба Маня плюнула себе под ноги и, согнувшись, словно ожидая выстрела в спину, пошла в сторону хаты.

сентябрь 2022

95 граммов

Я её ждала. Знала, что она придёт со дня на день — Басковы получили свою ещё на прошлой неделе. Брали тачку у дворника и два раза ходили на почту. С силой толкали ржавую, с кривым колесом, посудину, в которой Джураб перевозил осенние листья, песок для ледяных тротуаров и звонкие бутылки и банки. Всего им пришло пять коробок, четыре — побольше, размером с детский гробик, одна — маленькая, как школьный рюкзак их внучки Ленки. На следующий день Ленка в школу поехала на электросамокате, а старшая Баскова в знак благодарности прямо во дворе отдала Джурабу прозрачный пакет с выпадающим розовым капюшоном в искусственном меху.

В измятом извещении из песочной бумаги было написано, что вес посылки — «95 г». Я ещё подумала, что где-то там случайно пропустили первую букву — и так килограммы превратились в граммы. Но тачку у дворника решила не брать: сначала пойду на почту и всё выясню, а потом уж вернусь и попрошу Джураба помочь. Мне Джураб не откажет: я отдала ему все Максимкины старые, ещё подростковые вещи, а на прошлой неделе отнесла нетронутый кремово-бисквитный торт, который мне на 60-летие подарил финансовый отдел.

Народу на почте, как всегда, было много. Семья из дедушки, бабушки, лет на десять старше меня, и внука-дошкольника получала посылки, такие же обмотанные чёрными мусорными мешками и прозрачным скотчем, как и у Басковых. Они радостно водрузили две коробки на тележку для похода за картошкой на рынок и аккуратно перевезли через металлический порожек на выходе. Я слышала, как мальчик безостановочно спрашивал:

— А дрон там есть?!? Мне папа дрон обещал! Есть там дрон?

Когда дошла моя очередь, я протянула постаревшее извещение в маленькое дзотовое отверстие и не успела ничего сказать, как девушка с длинными накладными ресницами вскочила и направилась в заднюю комнату. Через открытую дверь я, перекладывая паспорт из рук в карман и обратно, наблюдала, как она искала мои 95 граммов.

Почерк Максима я узнала сразу: его фирменное «р» с длинной художественной ножкой-закорючкой, печатное «т» вместо прописного и «ц», похожее на «у». Посылка была чёрной, маленькой, размером с коробку от мобильного телефона, многократно обвёрнута пищевой плёнкой. Я потрясла её и прислушалась: внутри было тихо.

На тротуаре, в десяти метрах от почты, дедушка пытался прикрутить отвалившееся от тележки колесо, рядом стояли две посылки и бабушка, которая молча наблюдала за действиями мужа. Внук бегал вокруг и радостно кричал: «Дрон! Дрон! Дрон!»

Я отошла от семейства, села на край пустой скамейки и, достав из сумочки пилку для ногтей, стала открывать посылку. Плёнка и полиэтилен тянулись и легко рвались. Через разодранную дырку я вытащила ярко-голубую коробку и тут же её открыла. Внутри была смятая газета. Я прощупала руками скомканную бумагу, затем аккуратно разровняла газету и прочитала: «ОАО „Заводской райпищеторг“. Отчёт о прибылях и убытках, Звязда, 31 сакавіка 2022 года».

На дне коробки, в складках чёрно-белой газетной упаковки, лежала брошка в форме сердца. Три крупных круглых камешка внутри, продолговатые, вперемежку с маленькими — по периметру, большой, размером с тыквенную семечку, — вверху, в изгибе. Задняя фигурная стенка из олова крепко держит каждую стекляшку. Острая иголочная застёжка. Я не отрываясь смотрела на брошку, а она светила мне в глаза лучами скупого алтайского солнца. Я накрыла брошку газетой, закрыла коробку, вложила в разорванный с кружевной буквой «р» полиэтилен и пошла в сторону дома. Я вышагивала по тротуару, аккуратно переходила дорогу, останавливалась перед автомобилями. Лифт стоял на первом этаже, я нажала кнопку «4» и три раза непривычно пробормотала: «Господи, помоги! Господи, помоги! Господи, помоги!»

В квартире я подбежала к стенке, открыла верхний ящик около окна, достала косметичку, высыпала её содержимое на пол. Гигиеническая помада укатилась под кресло, резинки для волос растворились в узоре ковра, крем для рук, каменный медальон, ещё в молодости купленный в Севастополе, заколка-крабик — рассыпались по полу. Брошка в форме сердца, единственное ювелирное украшение, которое за всю жизнь смогла себе позволить моя бабушка, деревенская учительница, упала на голубую повязку для волос, я взяла её в руки, села на холодный пол, вытянув ноги в весенних сапогах, снова открыла посылку и положила две брошки-близнеца рядом.

апрель 2022

Я — Вера, Надежда, любовь

— Ва имя аца, сына и свитога дука, амини! — мой пяти-летний сын Томас крестится с английским акцентом, путая правое и левое плечо. Он не говорит ни по-рус-ски, ни по-беларусски — только понимает.

— Ца! Ца! — пухлыми пальчиками дотрагивается до моего лба восьмилетний сын Джаспер. Он не говорит — только понимает. У него синдром Дауна.

Меня крестили в деревенской хате у бабушки с именем Надежда, за тридцать километров от дома. Родители-учителя сеяли разумное, доброе, вечное, политинформационное и тайно крестили своих де-тей. К моменту подпольной операции в нижнем ящике шкафа-стенки, в окружении паспортов, дипломов, сви-детельств о рождении и других официальных уведом-лений о жизнедеятельности уже лежал красный, почти новенький, партбилет мамы.

У меня две пары крёстных — те, которые «держали на кресте» и непосредственно участвовали в таинстве, и названые, которых я считала крёстными в детстве и юности. Настоящий крёстный, мамин брат, дядя Юра, умер от рака. Когда я видела его в последний раз, он пил еду и вино из шприца и писал на бумажке, что мне нужно выйти замуж. Названая крёстная, мамина подруга, учительница математики и немецкого языка, моя классная руководительница, Елена Дмитриевна, умерла от сердечной недостаточности. За несколько месяцев до смерти она успела подарить коричневый трикотажный костюм моему старшему сыну, а я так и не успела сказать ей, что у него синдром Дауна.

Моей прабабушке с именем Вера после разгрома церкви в родной деревне приснилась женщина, которая лежит в грязи около храма и плачет. Прабабушка с именем Вера вместе с подругами пошла в растерзанное голубое здание Святой Параскевы Пятницы 1884 года постройки и в зияющей чёрной дыре, пробитой местными активистами, нашла икону Казанской Божией Матери. После открытия церкви икона стала частью алтаря, а шестьдесят лет спустя воцерковлённый двоюродный брат попросил мою маму с именем Вера забрать Божию Матерь из храма и отдать ему.

У меня в доме в спальне висит икона «Моление о чаше», с которой бабушка с именем Надежда шла под венец. В чемодане, по дороге из Беларуси, стекло у иконы треснуло, и в местной компании нам за десять новозеландских долларов вставили новое. Когда фотографическое изображение молящегося Иисуса ещё висело в комнате с тканым покрывалом на кровати и сундуком с приданым, бабушка с именем Надежда купила иконы для венчания всем пятерым внучкам, из которых наставление выполнила только одна. Я была

второй свидетельницей у неё свадьбе и половину церемонии держала церковную корону над её фатой. Мне
было шестнадцать, и к важному мероприятию названая
крёстная сшила мне чёрный сарафан и подарила свою
красную блузку.

В тот год, когда умерла моя прабабушка с именем
Вера, я готовилась иди в школу. В день похорон я надела тёмно-синюю кофту с крамольной красной вставкой
и отказалась фотографироваться у гроба. На поминках
моя бабушка с именем Надежда сказала, что Богом теперь будет заниматься она. Через год в составе делега-
ции из трёх человек из деревни Бережное Столинского района Брестской области Белорусской Советской
Социалистической Республики она поехала в Москву
с просьбой открыть церковь Святой Параскевы Пятницы 1884 года постройки. Через пару месяцев храм открыли, бабушка с именем Надежда стала кассиром, она
продавала и покупала свечи, крестики, иконы, книги и
принимала записки о здравии и об упокоении.

В детстве я не ходила в церковь по причине про-
фессии родителей. Отец, как учитель-мужчина, в пас-
хальную ночь дежурил у бело-голубого деревенского
храма Рождества Пресвятой Богородицы 1841 года постройки и следил, чтобы туда не приходили школьни-
ки. Домой он возвращался выпивший самогону — уче-
ники, настоящие и бывшие, подносили к празднику.

В 90-х, когда страна на мгновение ощутила на своём горле пальцы свободы, я ходила в церковь по большим праздникам со своей бабушкой с именем Лида.
Тогда в храм, как и в деревенскую общественную баню,

было не принято ходить одной и без бабушки. Моя бабушка с именем Лида училась правильно верить вместе со мной, потому что она была учителем биологии и алюминиевый крестик надела только после выхода на пенсию. По воскресеньям она повязывала белую косынку с зелёными листьями, которую я купила ей во время оздоровления по чернобыльской программе в Дрогобыче, брала сумку с носовым платком и кошельком с мелочью и быстрым шагом шла в церковь.

Когда мне было пятнадцать, бабушка с именем Мария повела меня на первую и последнюю исповедь в собор Сошествия Святого Духа 1642 года постройки. По дороге, в троллейбусе № 40, она на всю жизнь надела мне на голую шею католический крестик своего мужа, с тех пор я снимаю его только на время операций.

Моим самым любимым праздником был не Новый год, а Пасха. К Пасхе мы собирали луковичную шелуху и складывали её в висящие на гвозде в кладовке старые капроновые колготки, а бабушка с именем Лида собирала яйца своих куриц-несушек и складывала их в коробки от «Геркулеса». Пасха начиналась в четверг, когда мы с мамой с укутанным в зимние шарфы ведром опары и с сумками, полными муки, масла, изюма и корицы, шли к бабушке с именем Лида. Открывали синюю дверь в натопленную печкой хату и раскладывали ингредиенты для булок на столе, покрытом выцветшей и порезанной в двух местах клеёнкой. Мама щедро посыпала сахаром и корицей многочисленные кихли — традиционные пасхальные булки родины бабушек с именами Надежда и Мария, ставила их в печь и засекала время на бирюзовом будильнике. Я сидела на диване с деревянными ручками, вдыхала аромат Пасхи и ждала, когда мама отломает кусок вон той маленькой кривенькой кихли, я налью кружку молока из трёхлитровой банки и в виде исключения сяду за стол и поем скоромного.

В субботу в большой старой с отколовшейся эмалью кастрюле мы красили несколько десятков яиц, мама запекала в духовке, прижав спичкой кнопку для включения, мясо убитого ранней весной кабана, делали салаты и доставали из подвала вишнёвый компот. На Пасху всегда была хорошая погода. Мы с братом просыпались рано, мама с именем Вера на прабабушкин манер кричала: «Христос воскрес! Христос воскрес! Христос воскрес!» — и мы, стесняясь, отвечали: «Воистину воскрес!» — и целовались.

Сейчас к Пасхе я крашу яйца в разные food colouring цвета, утром говорю сыновьям: «Христос воскрес!» и целую их в тёплые щёчки. Мы встаём у стола, я читаю «Отче наш», а потом учу, как нужно биться яйцами. Томас расстраивается, когда проигрывает, поэтому я всегда подставляю ему красно-коричневый бочок. Джаспер ударяет по яйцу брата, смотрит на треснувшую скорлупу и смеётся. В этом году они впервые смогут перекреститься самостоятельно.

Мы были первым классом в деревне, который заказал службу в день выпускного в церкви Рождества Пресвятой Богородицы 1841 года постройки. Батюшка подарил нам именные иконки и сказал напутствия, после службы мы, подхватив одноклассницу в декрете, пошли в школьную столовую пить водку с «Yupi».

Я всегда молилась, когда чистила зубы. Смотрела в зеркало на пену изо рта и повторяла слова единственной молитвы, которую знаю: «Отче наш, Иже еси на небесех! Да святится имя Твоё, да приидет Царствие Твоё...» Я не помню, когда перестала молиться в ванной: когда моему старшему сыну поставили диагноз «синдром Дауна» или когда мой новорождённый младший сын спал только у меня на руках. Теперь я молюсь, когда укладываю своих детей: лежу между ними на полуторной кровати, смотрю на прищепленную кнопкой к стене маленькую иконку и повторяю: «Отче наш, Иже еси на небесех...»

В университете у нас был предмет «Древние литературы Ближнего Востока и мир Танаха». Лекции читала Галина Вениаминовна Синило, которая каждый раз влетала в аудиторию, словно чёрный ворон в похищенном серебре, и говорила, как она устала. После вздоха и самой тихой тишины потока она декламировала стихи, связанные с будущей лекцией, затем по строчкам разбирала самое эротическое произведение мировой литературы — «Песнь песней Соломона», объясняла, почему Ной жил 950 лет, и просила не кашлять. Однажды на выходе из аудитории её перехватила студентка и поинтересовалась, что нам потребно праздновать: субботу, как написано в Танахе, или воскресенье, как это делают все вокруг. Галина Вениаминовна посмотрела на девицу глазами Сарры и уточнила, что празднуют бабушка и дедушка студентки? Воскресенье? Значит, празднуйте воскресенье.

Меньше чем через неделю после моего пятнадцатилетия, когда стало известно, что отец спит с учительницей беларусского языка и литературы на матах в спортзале средней школы, я возненавидела Бога. И, однажды сбежав с урока родного языка, в холодном пустом доме кричала, что Его не существует, что мне от Него ничего хорошего не нужно, что Он меня обманул. И плевала в покрытую прозрачной клеёнкой икону, которую подарила мне бабушка с именем Надежда.

Я вернулась к Богу быстрее, чем от нас ушёл отец.

Когда мой дедушка с именем Александр лежал в гробу в зале своего деревенского дома, маленькие старушки в чёрных косынках и тёмных кофтах, сидевшие на кухне, запели на русском песню «Крест». На пятый день после рождения моего старшего сына на его левой ладони акушерка обнаружила одиночную складку, а я нашла песню «Крест» во «Вконтакте» в альбоме «Столинщина. Экспедиция Ивана Кирчука», поставила её на повтор и в течение 30 минут и 50 секунд слушала «Крест тяжёлый, крест тяжёлый, нету сил его поднять, а нести его ведь надо, в нём Господня благодать». «Почему ты плачешь?» — спросил тогда мой муж дзэн-буддист, и я соврала, что плачу о Джаспере.

Мой друг Максим передал мне в Индию маленькую Библию для путешествий. В тот год в ежедневнике «Moleskine», купленном в магазине «Республика» на 1-й Тверской-Ямской, я задалась целью прочесть Ветхий Завет. Потом эта цель, как и я, кочевала из года в год и спустя пару лет была аккуратно обведена красной ручкой, приобретённой в одноместной лавке «Ганеш» непальского города Тансен. В 2014 году мой друг Максим написал мне, что украинский язык происходит от русского, и прикрепил пруфлинк. Я удалила черновик ответа вместе с письмом Максима.

Моего старшего сына Джаспера Томаса Михаила Джонса крестили Фомой в Фомину неделю. Священником был внук бабушкиной соседки — отец Владимир, которого я помнила подростком, в шортах и майке, загоняющим корову, пришедшую с пастбища, в хлев. Джаспера крестили Фомой в храме Святого праведного Иоанна Кронштадтского 1992 года постройки. Через три года Александром там был крещён мой младший сын Томас Александр Брайанович Джонс. Мой муж дзэн-буддист не был допущен в храм, а я всю церемонию простояла у двери, наблюдая через стекло, как мои сыновья становятся православными. На мне было коричневое вельветовое платье, которое мама сшила у известной районной портнихи, когда мне было пять, и белая косынка с зелёными листьями. После таинства отец Владимир официально ввёл меня в храм и пригласил моего мужа дзэн-буддиста на колокольню, с которой было видно Полесье.

В Индии мой Бог вырастал до размеров статуи Ханумана в Шимле, в Непале он улыбался мне улыбкой Будды в Лумбини, в Киеве он отворачивался от меня в образе Родины-матери. Я читала «Отче наш», когда крутила тибетские молитвенные барабаны и смотрела на проходящего мимо Далай-ламу XIV. Я просила вечной любви с мужем дзэн-буддистом и здорового ребёнка. Любовь у меня тогда уже была, один ребенок без особых потребностей у меня уже есть.

Когда умерла моя бабушка с именем Лида, я сидела в офисе на ВДНХ и отправляла смету компании IBM. Лучшим вариантом был ночной поезд до Пинска, где меня встретит друг детства и на машине отвезёт в деревню на похороны. По дороге с вокзала мы остановились на рынке, и я за российские рубли купила цветы. Глядя в неоткрывающееся окно Volkswagen Jetta, я пыталась вспомнить, дарила ли я когда-нибудь бабушке с именем Лида цветы. Мы звонили отцу моего друга, мужу моей названой крёстной, учителю пения, военной подготовки, основ безопасности жизнедеятельности и мировой художественной культуры, и отчитывались, где мы. Около деревни Федоры было принято решение выносить гроб с бабушкой с именем Лида и везти его в церковь. Из белой машины друга я вышла с цветами у храма Рождества Пресвятой Богородицы 1841 года постройки. Я поздоровалась с мужем названой крёстной, он ответил, что на похоронах не здороваются. Я не знала, можно ли на похоронах бегать, поэтому быстрым шагом вошла в храм и направилась к гробу. Там, в праздничной косынке, лежала моя постаревшая бабушка с именем Лида. Во время церемонии отпевания стоять у гроба было не принято, поэтому меня отогнала от него воцерковлённая учительница биологии. От церкви до кладбища за гробом бабушки по имени Лида быстрым шагом, как и его хозяйка, бежала собака Дружок.

Перед сном, после моей молитвы «Отче наш», мой младший сын Томас Александр дурачится и крестится двумя руками, я смотрю на него и вслух говорю: «Ничего, Боженька простит».

январь 2022

Раздзел II

Мова

Демадоннизация

Я родился в СССР в городе Менск на Минском фарфоровом заводе. С завода меня вынесла Галя: вложила свои груди в мои чашки, чашки — в станік, блюдца поставила на голову под норковую шапку, а цукарніцу и чайник подвязала под живот. Иванович на вахте не сказал нічога. За вахтой начинались 90-е.

Думаю, всем нравилась моя перламутровая оболочка. Она умела подмигивать на солнце, быццам заигрывая. Безумоўна, многие велисъ на золотые ручки. Кому не спадабаецца тёплое прикосновение к золоту?

И, конечно же, картины. «Юпитер и Каллисто» и «Наказание Купидона» Ангелики Кауфман. Пьёшь гарбату или каву — и как будто в Нацыянальным мастацкім музеі сидишь за столом с Катаржынай і Марыяй Радзівіл, Лізаветай Кішкай і нават Маркам Шагалам.

Мне да спадобы была теплота чая или цикория, или, если очень повезёт, — кофе! Цыкорыя оказалась моей любимой: сладко-горьковатая, по-домашнему шоколадная, она, медленно спускаясь, обволакивала мои белые стенки. «Чуеш, как пахнет?» — говорила тогда чашка цукарніцы.

Жыццё большинства из моих не сложилось: они оказались запертыми за стеклянными дверцами сервантов. В лучшем случае их доставали по большим святам, в худшем — перед этими самыми святамі их протирали от пыли и ставили обратно. Мне повезло больше остальных. Когда мне исполнилось пятнадцать, гаспадыня отвезла меня на родину. Так я поселился в квартире на Кунцево в городе Москве. Гаспадыня прожила со мной недолго, но я не переживал, потому что никогда не стоял за стеклянными дверями. Вот только цыкорыі я больше никогда не чувствовал.

красавік 2024

Радчыцк

Я існую заўсёды. Калісьці мяне не было, але потым я была вечна. Чалавекі прыходзілі і сыходзілі, іх крыжы абвальваліся і знікалі, а я была. Я — палова маціцовай ракавінкі з ажурным абадком па краі. Ракавінка з Герадотавага мора. Раней, але пасля мора тут цякла рака Рачка, у ёй жылі ракі і ракавінкі, а пасля не засталося ні ракаў, ні ракі, засталася толькі я, адна ракавінка, унутры якой вырасла вёска Радчыцк з гучным, прыляцелым з усходу „д".

Мяне казыталі будынкі, гэткія няроўнасці і нарасты на маёй коўзкай сценцы. Драўляная царква, якая згарэла ў 7269 годзе. Добра гарэла, яскрава, чалавекі тады набеглі, акружылі, слязьмі спрабавалі тушыць, а тая палала, як вогнішча ў Купальскую ноч. Потым царкву адбудавалі, яна яшчэ амаль стагоддзе прастаяла і струхнела. І пасля, у 7350 годзе, была ўзведзена мураваная прыхадская царква. Ужо амаль 200 год стаіць. Прышчык.

У тыя часы багата будавалі, я толькі паспявала адчуваць: земскае народнае вучылішча, вінакурны завод, млын, школа царкоўнай граматы, хлебазапасны магазін, піцейны дом. Але я ўжо ведала, што ўсе гэтыя бародаўкі сыдуць у небыццё, таму што аднойчы ў полі не ўзвядуць крыжа.

Стагоддзямі ўва мне жылі чалавекі, нешта рабілі, падавалі галасы, змянялі адзін аднаго, мітусіліся як мошкі. Радчукі з ракавінкі Радчыцк, якая засталася пасля знікнення мора. Яны з'яўляліся і імгненна сыходзілі ў зямлю, нібы намагаючыся пабачыць маё маціцовае дно. І кожны чалавек атрымліваў крыж як знак і напамін свайго існавання. І калі ўжо зусім забываліся пра магілу прапрапраўнукі, крыж падаў і з дажджамі і снегам сыходзіў да гаспадара, каб разам з ім знікнуць назаўсёды.

7373 год быў годам, калі будавалі мала, а крыжоў узводзілі болей чым звычайна. Але аднойчы чалавекі закапалі аднаго са сваіх і крыжа не паставілі. Закапалі ноччу пасярод поля. Машкара без сну. І таго чалавека ніхто не памятаў, таму што крыжа ў яго не было. І як быццам і не было гэтага чалавека ўвогуле. І тады крыж пачаў расці ў другі бок — у маё маціцовае дно. Ён муляў, раздражняў, а потым усёю сваёй крыўдаю націснуў і прайшоў наскрозь. Мая маціцовая ракавінка трэснула, нібы галава таго чалавека, і пачалося ўміранне. Будынкі не будаваліся, старыя трухлелі і сыходзілі ў зямлю. Крыжы звальваліся, а новых з'яўлялася зусім мала. Чалавекі ўжо былі не мошкаю, а адзіночнымі вошкамі, якія жылі тым, што пілі віно, а не кроў. Маё маціцовае дно цямнела, і цемра гэтая пакрывала Радчыцк.

Цяпер я — ракавінка Радчыцк, паміраючая вёска без аднаго крыжа.

ліпень 2022

Калі мы курылі „Парламент“

У той год вясна бегла наперадзе, як палова майго класа на ўроках фізкультуры. Калюгі на нашай вуліцы перацякалі адна ў адну, бярозы намагаліся за ноч нарадзіць зялёныя лісточкі, а бацькі менш сварыліся і часцей абмяркоўвалі, калі саджаць бульбу. Я ж чакаў верасня і на аўтапілоце пражываў апошнія месяцы дома.

Вось ужо некалькі гадоў кожную суботу я хадзіў да дзядзькі Толі прыбіраць хату. Я любіў дзядзьку Толю. Нават калі ён выпіваў тры шклянкі чарніла. Можа, пасля чарніла нават любіў больш, таму што тады ён садзіўся на кукішкі каля грубкі, запальваў цыгарэту „Форт“ і расказваў мне пра сваё жыццё ў Менску. У гэтыя імгненні ён зноў станавіўся маладым, з пафарбаванымі ў жоўты колер валасамі, у высокіх бардовых „Доктар Марцінсах“ і нібыта на галаву вышэйшым, чым цяпер. На тых надрукаваных і ўжо злінялых фотках, што дзядзька Толя мне паказваў, ён заўсёды смяяўся ці неяк загадкава, нібы знайшоўшы згубленую стагоддзе назад крынічку, усміхаўся. І я верыў, што восенню, калі паступлю ў Менск у медвучылішча, таксама стану шчаслівым.

Тады, у суботу, дзядзька Толя не піў — ён марынаваў куру, маладую, раніцай за мярзаўчык забітую суседам. Часнок пах на ўсю хату, і я, аблізаўшыся, паспрабаваў праглынуць святочны настрой, але ён усё адно падымаўся да самага горла і расцягваў мой рот у памысную ўсмешку. Я пачаў выціраць пыл у серванце з вялікім заварачным чайнікам і зялёнымі філіжанкамі са сподачкамі ў белыя правільныя кружочкі, якія чамусьці называюць гарошкам. Посуд дастаўся дзядзьку ад маці, маёй бабы Ніны, якая памерла, калі мне было десяць. Баба Ніна ўсё жыццё пасля замужжа збірала дзецям — дзядзьку Толю і маёй маці — пасаг. Купляла па блаце ў суседняй вёсцы дэфіцытную пасцельную бялізну, ездзіла ў Львоў па каструлі, заказвала ў Мапцянкі фарфоравыя сервізы (дачка Мапцянкі працавала на фарфоравым заводзе). Маці мая атрымала назбіранае дабро акурат у шалашы на вяселлі, а дзядзька Толя — пасля смерці бабы Ніны. Свой пасаг ён амаль не чапаў: белыя чахлы на коўдру з дзіркай пасярэдзіне яго раздражнялі, талеркі з ананасамі былі малымі, а „цыганскія“ ручнікі зусім не ўбіралі ваду. Некалькі разоў на год, перад вялікімі святамі, я перціраў пастаўлены для прыгажосці за шкло серванта посуд, успамінаў бабу Ніну, якая была пры памяці да самага скону і, негледзячы на год, які дзядзька Толя пражыў з ёй, ляжачай і амаль аслеплай, так і не загаварыла з сынам. І больш за ўсё ў такія дні я баяўся, што аднойчы ўвесь гэты скарб пяройдзе да мяне.

— Кірыл! Мо возьмеш ровар і сходзіш здасі бутэлькі? — не падымаючы галавы ад таркі з бураком, запытаў дзядзька Толя.

— Добра, зараз у серванце скончу. Купіць нешта ў краме ці грошы прынесці?

— Сабе што задбай — я ўжо „шубаю“ заняўся.

— І крабавую будзеш рабіць? — я паглядзеў дзядзьку Толю ў спіну, ён павярнуўся, усміхнуўся, як на менскіх здымках, і сказаў:

— І крабавую буду. Для цябе!

Я хлопнуў дзядзьку па плячы і выбег на двор.

У дзяцінстве я саромеўся здаваць бутэлькі. Мне здавалася, што, калі я вязу іх на сваім ровары „Аист“, які атрымаў у спадчыну ад бабы Ніны, яны грымяць асабліва голасна і абвяшчаюць на ўсю вёску: „Сын пр-р-ра-а-а-пойцы! Сын пр-р-ра-а-апой-цы!“ А калі дадому вярнуўся дзядзька Толя, яго бутэлькі мы заўсёды хадзілі здаваць разам. На выручаныя грошы дзядзька ніколі не купляў віно — купляў тое, што захачу я: вялікія бутлі „Бела-Колы“, чыпсы з прысмакам халадцу і хрэну, шакаладныя цукеркі „па дзве штукі самых лепшых“. І тады, грукаючы бутэлькамі, як на канцэрце, я перастаў чуць здзекліва „Сын пр-р-ра-а-а-пойцы“. Замест гэтага да мяне дзядзькаў голас даносіў толькі гісторыі пра спявачку Кацю на „малой трубе“, пра кніжны кірмаш з рознымі часопісамі ў канцэртнай зале „Мінск“ і пра тое, як дзядзька Толя ўцякаў ад скінхэдаў.

У краме было пуста, толькі Папіёсы нешта ўпісвала ў накладныя (прадавачка Любка атрымала гэтую мянушку сорак гадоў таму, калі вярнулася ў родную вёску пасля вучылішча, і, як усе вясковыя мянушкі, імя прыляпілася да яе на ўсё жыццё).

— Добры дзень! — прагрукатаў я.

— Добгы! — Папіёсы падняла галаву, пабачыла мяне і прадоўжыла пісаць.

— Вось прынёс бутэлькі здаць, — зноў загрымеў я сумкамі.

Папіёсы моўчкі ўстала, паправіла на галаве малую хустачку, якая прыкрывала толькі гульку, прайшла праз усю краму ў склад і праз хвіліну вярнулася з трыма пустымі скрынкамі. Я хутка, размеркаваўшы па сорце, паставіў у іх бутэлькі.

— Усё!

Папіёсы падышла з лісцікам паперы, вырваным з сшытка ў краткі, пералічыла посуд, потым аднекуль дастала маленькі калькулятар і назвала лічбу.

— Бгаць што будзеш?

— А дайце мне, калі ласка, пачку цыгарэт „Парламент“.

Папіёсы прыжмурылася і паглядзела мне прама ў вочы.

— Дык мне для дзядзькі!

Яна, не адрываючы ад мяне позірк, намацала рукой у шуфлядзе цыгарэты і прыстрашыла:

— Ну глядзі ў мяне!

Я саскроб з белай талерачкі рэшту, закінуў пачак у кішэню і выбег з крамы.

На наступны дзень раніцай, калі я адчыніў дзверы з веранды ў хату, дзядзькі Толя і Валодзя сядзелі за сталом і пілі каву. Дзядзька Валодзя падняўся, усміхнуўся, працягнуў руку і неяк гучна сказаў:

— Рад цябе бачыць, Кірыл!

— І я вас таксама! — я адчуў моцны поціск гладкіх мяккіх пальцаў.

Калі я быў малы, то баяўся дзядзькі Валодзі. Здароўкаўся і потым паўдня моўчкі сядзеў на канапе ў чаканні „Ленінградскага“. Не дапамагалі нават яскравыя кніжкі ў цвёрдых вокладках, блакноты са сціркай і наборы нямецкіх алоўкаў, якія дзядзька Валодзя ў якасці падарункаў прывозіў мне кожны год: я сядзеў нібы зацкаваны шчанюк, слухаў і ківаў галавой у адказ на пытанні. А на наступны дзень ужо на сваім тапчане разглядаў падарункі і чакаў, калі праз год зноў прыедзе дзядзька Валодзя.

— Кавы ці гарбаты вып’еш? — запытаў, падняўшыся з-за стала, дзядзька Толя.

— Лепш гарбаты. Дзякуй!

Дзядзька Толя выйшаў на веранду, і я пачуў, як ён цвыркнуў запальніцай і як на пліце загарэлася газавае полымя.

— Ну як ты, Кірыл? Як школа? — дзядзька Валодзя адпіў кавы.

— Добра, дзякую! У гэтым годзе ў Менск паступаць буду.

— Ого! Малайчына! І куды?

— У медвучылішча. У інстытут не здолею, то пачну з вучылішча, а там паглядзім!

— Вось гэта амбіцыі! — нібыта шуткуючы сказаў дзядзька Валодзя. — Медыцына падабаецца?

— Ёсць такое... — я засмучаўся, бо ўспомніў, што адной з галоўных матывацый майго паступлення было жаданне пражыць жыццё не дарма — не так, як дзядзька Толя. Увесь той час, што дзядзька Толя жыў у вёсцы, мне было яго шкада. Ён быў чужы, як быццам гэта не ён тут нарадзіўся, не ён калісьці пасвіў каровы, гроб сена, цапаў буракі, рэзаў свінням гічку. Нібыта за тое амаль дзесяцігоддзе ў Менску яго генетычная вясковая памяць вымерла. Часам мне здавалася, што трыццацігадовы дзядзька Толя прыехаў сюды паміраць і толькі гэтыя аднаразовыя на год прыезды дзядзькі Валодзі давалі яму моц пражыць яшчэ адзін круг. Я так жыць не хацеў, таму і планаваў збегчы ў Менск, адвучыцца на запатрабаваную прафесію, знайсці працу ў якой-небудзь сталічнай бальніцы і ні ў якім выпадку не вяртацца ў вёску.

Дзядзька Валодзя піў каву маленькімі глыткамі, было відаць, што ён стараўся не запэцкаць свае тоненькія вусікі. Мне падабаўся дзядзька Валодзя: заўсёды дагледжаны, у чыстых фірменных джынсах і модным вясеннім паліто, чарнявы, з нейкімі стомленымі і выцвілымі вачыма. Я ўвесь час параўноўваў іх: майго дзядзьку Толю, ціхага, спакойнага алкаголіка, і дзядзьку Валодзю, вясёлага, гаварлівага франта. І кожны раз пасля такога параўнання зноў і зноў шкадаваў роднага дзядзьку: за тое, што ён раз у год ездзіў купляць з маці адзежу на базар і са сваёй зарплаты вартаўніка ў калгасе не мог сабе дазволіць нічога лепшага, акрамя выцвілых джынсаў ды заўсёды большых на памер кашуляў з сэканд-хэнду; за тое, што вельмі рэдка галіўся і дазваляў расці сваёй пляшывай жоўтай барадзе; што хадзіў па вёсцы неяк згорбіўшыся, нібыта хаваючыся ад кагосьці. Мой жаль быў па-падлетку эгаістычным: я любіў дзядзьку Толю толькі сам-насам ды ў кампаніі дзядзькі Валодзі, у прысутнасці ж іншых людзей я саромеўся любіць такога нязграбнага дзядзьку — я яго толькі шкадаваў. Маці таксама яго шкадавала, але гэтую сваю шкадобу на людзях не паказвала, таму што мой бацька дзядзьку Толю ненавідзеў. Гэта было відавочна: з якой агідай ён гаварыў пра дзядзьку, як не хацеў зваць яго ні на якія прычыны, як ніколі не вітаўся з ім за руку. І я разумеў, што іду матчынай дарогай: не супраціўляюся і выбіраю не любоў, а ціхі, лёгкі жаль. Я злаваўся на сябе з-за гэтага, але пайсці супроць бацькі і вёскі не мог.

Я вярнуўся ў дзядзькаву хату пад вечар. Стол ужо быў накрыты: запечаную куру было чуваць нават на двары, яна перабівала пахі салатаў і парэзанай тоненькімі шматкамі каўбасы. Дзядзька Валодзя сядзеў на тым жа месцы, у блакітнай кашулі з падкасанымі рукавамі, дзядзька Толя яшчэ завіхаўся каля стала і даносіў відэльцы, сурвэткі, келіхі. Я сеў на канапу, дзядзька Валодзя наліў сабе і дзядзьку Толю белага віна, мне — соку, і мы выпілі. Я еў як не ў сябе, размаўляў з дзядзькамі пра маё будучае жыццё ў Менску, наша размова перыядычна выходзіла ў мінулае, і тады я забываўся на крабавую салату і ўяўляў, як дзядзька Валодзя і дзядзька Толя куплялі на „Дынама“ джынсы, да адкрыцця метро танчылі ў начным клубе і праносілі бутэльку віна на паказ фільмаў Азона. І я марыў пра ўсё гэта, злаваў на дзядзьку Толю і ў каторы раз абяцаў сабе, што маё жыццё будзе лепшым, чым яго.

Потым дзядзька Валодзя ўнёс „Ленінградскі“ з пяццю свечкамі, і мы з ім вельмі голасна, кожны сам сабе, спявалі „Happy birthday!“, дзядзька Толя ўсміхаўся, задзьмухваў свечкі на торце, і я ў думках загадваў за яго жаданне: каб ён вярнуўся ў Менск! Мы пілі гарбату з бляшанай пушачкі, я з'ядаў некалькі кускоў торта з літарамі „Лен“ і „гра“ і ішоў дахаты, каб памыць ногі, легчы ў ложак, заплюшчыць вочы і марыць, як на „Дынама“ я буду выбіраць сабе цёмна-блакітныя джынсы з дзіркамі на каленях.

На наступны дзень я пайшоў у школу праз аўтобусны прыпынак — дзядзька Валодзя заўсёды ад'язджаў ранішнім рэйсам да райцэнтра, і звычайна я развітваўся з ім, стоячы пад раскладам руху з чатырох радкоў. У той дзень ні дзядзькі Валодзі, ні дзядзькі Толі на прыпынку не было. Я зірнуў на гадзіннік на руцэ і на тэлефоне: аўтобус павінен прыехаць праз дзесяць хвілін. У кішэні курткі намацаў пачак „Парламента", які збіраўся аддаць дзядзьку Толю пасля таго, як зялёны МАЗ ад'едзе і зверне налева на шашу. І тут я з жахам падумаў, што яны напэўна праспалі, і з усёй моцы пабег да дзядзькавай хаты, расчыніў брамку, дзверы ў хату, уварваўся ў кухню і ўбачыў, што дзядзькі сядзяць за сталом і спакойна п'юць каву.

— Вы на аўтобус спозніцеся! — крыкнуў я, чамусьці супакойваючыся.

Дзядзька Валодзя паглядзеў на дзядзьку Толю, потым — на мяне і спакойна, павольна вымаўляючы кожнае слова, сказаў:

— Я нікуды не паеду.

— І ён застаўся?! — упершыню за ўвесь час, што я расказваў, перабіла мяне Наста і, не дачакаўшыся адказу, завялася: — Вось гэта ўчынак! Гэта сапраўдны мужчынскі ўчынак! Пайсці за сваім каханнем лічы што на край свету! Кінуць усё: і нелюбімую жонку, і дзяцей. Былі ў яго дзеці? Былі ж, так? І прэстыжную работу, і жыццё ў сталіцы, — і не здрадзіць свайму каханню, не здрадзіць таму, хто ты ёсць! І нават не пабаяцца вясковых абгавораў, плётак! Вось гэта — пражыць жыццё!..

Наста гаварыла і гаварыла, з кожным словам усё больш і больш зачароўваючыся дзядзькам Валодзем і дзядзькам Толем за кампанію. А я слухаў яе і думаў: наколькі магчыма было гэтае „Я нікуды не паеду“?

люты 2023

Воля мыла бабу

Камізэлька, перашытая бабінай суседкай з вясновага паліто. Дзедаў зялёны швэдар, які ён апранаў штонядзелю. Белая блузка ў блакітныя кветачкі з гуманітаркі для Чарнобыльскай зоны. Пазамываная майка, доўгая, амаль што да канца падола, прывезеная бабінай сястрой з Менска. Трыкатажная спадніца з бліскучай ніткаю, якую аддала нявестка, жонка памерлага сына. Тапкі, купленыя дачкой ва Украіне і падораныя бабе на Раство. Шкарпэткі, звязаныя бабінай сяброўкай у час, калі яна даглядала бабу, бо дачка паехала да Волі памагаць з немаўлём. Калготы, залатаныя на пятах, набытыя ўнукам гады тры назад у ЦУМе і адданыя бабе ў яе дзень народзінаў. Панталоны, з якіх яшчэ падлеткам разам з аднакласніцамі смяялася і шуткавала Воля. І крыжык на белаватай вяровачцы. Медны, зусім маленькі, з распятым Ісусам. Набыты бабай у царкоўнай краме, калі яна там ужо на пенсіі працавала касірам.

Воля падтрымала бабу, і, намагаючыся не глядзець на яе абвіслыя грудзі, што выкармілі траіх дзяцей, памагла падняцца з вазка. Апіраючыся на Воліну сагнутую ў локці руку, баба зрабіла некалькі крокаў. Воля падумала, што баба, мыючыся адзін раз на тыдзень, нічым не пахла — баба пахла сваёй, тым пахам, які ніколі не адчуваеш на фізічным узроўні, але ці то галавой, ці то душой разумееш: баба пахне бабай. Па чарзе Воля перакінула бабіны ногі, з якіх перхаццю сыпалася сухая скура, у ванну і, як свайго двухгадовага сына, падтрымліваючы пад пахі, апусціла бабу ў ваду. Вада хваляй плёхнула бабе па спіне.

Баба задаволена ўздыхнула і прыказала:

— Галаву спярша памый.

З-пад ванны Воля дастала жоўтую з адбітым кавалкам эмалі конаўку. Воля памятала, як гэтая конаўка стаяла на верандзе ў бабінай хаце каля вядра з халоднай калодзежнай вадой. „Перад тым як з'ехаць ад бабы, прынясі ёй вядро вады“. Ужо няма ні хаты, ні бабы там, а мацерын наказ жыве.

Ваду бабе на галаву Воля ліла павольна, прыкрываючы левай далонню бабіны выцвілыя блакітныя вочы. Калі Воля прыбрала руку, то ўбачыла, як баба ўсміхаецца. Шампунь „Марскі“ з блакітнай бутэлькі, што прывезла бабе ўнучка з Бараўлян, нагадаў Волі краму „Хозяйс вен ый“ на Гагарына. Воля выціснула сабе на далонь плямку празрыстай густой вадкасці і пачала намыльваць бабіны рэдкія сівыя косы. Злева, на паўночны захад ад вуха, пальцы намацалі гульку і, спужаўшыся, збеглі на другую палову бабінай галавы.

— Ну. Шрам гэта мой. Ад ранення ў Германіі.

Ад шампуню ў Воліным роце загаркавіла. Хацелася сплюнуць, але не было як гэтага зрабіць пры бабе. І Воля праглынула гэтую горкую сліну. Яна набрала з-пад крана ў конаўку чыстай цёплай вады і пачала ліць бабе на галаву. Змыўшы, Воля зняла з пластыкавага гачка ручнік і выцерла ім бабін твар.

— Падай-но мне мачалку! — загадала баба.

Воля працягнула бабе доўгую цялеснага колеру вяхотку. Баба доўга намыльвала яе белым кавалкам мыла, якое некалькі разоў з плёскатам выслізгвала з рук, і баба лавіла яго недзе пад нагамі. Урэшце, намыліўшы, баба, гледзячы на шампуневае возера на вадзе, сказала:

— Натры-но мне плечы!

Воля ўзяла ў правую руку шурпатую вяхотку і прыціснула яе да бабінай памятай скуры. Яна націскала вяхоткай на бабіны плечы, праводзіла ёю па кароткай шыі і па скручанай спіне. Воля мыла бабу.

кастрычнік 2023

Дубовые яблочкі

Баба седіть на дывану шо царыца, як кажэ маті. Седые косы трохі выбіваюцца з-под бордовой хусткі. Запавшые губы. Красіво посторэвшое ліцо. Вочы без рэсніц. Волосся на подбородку. Цёплая чорно-белая комізэлька, з корману екой торчыть плоток. Блузка, шэрая до сіневы. Чорная трыкотажная сподніца. Коготкі. І тапкі. Одна нога стоіть на подлозе прамо, друга — подвёрнута. Под спіною у бабы — подушочка з пошытым со штор чэхлом. На журнальном століку — іконкі, просфоры, провославны кніжкі і вазочка з цукеркомі. Под століком — свята вода у пластіковых бутылках з-под сітра. Коло бабы — ходункі, у вуглу — коляска з горшком. Баба седіть на дывану і розмотвае стары швэдор. Нітка обворочваецца і обворочваецца, шурпатые бабіны пальцы крэпко держать клубок.

— Папо мой быв орловскі, з Росіі, Орловская губернія, Болховскі роён, а названне дерэвні вжэ забылаcа. Сестра помніла, бо егділа туды з папом у п'ятідесятых годах. А я не егділа. Куды я поеду? Деті, робота. Немаеко было ехаті мні. Батько его, мой дед Ондрэй, быв кучэром пры пану. Добрэ воны жылі. Папо мне росказвав, шчо

кожну раніцу на столе стояв самовар і пышкі былі на-
печоны. Маті его Ольгой звалі, як і тебе. Кім вона была?
Нікім! Шэстеро детей, тры дочкі і тры сына, то трэба
ж усіх догледіть. Ды чоловек, ды мо екіе дед з бабою.
Ды хозяйство ж мо держалі. Землі-то не было в іх, бо
жылі пры двору, але ж некі огород мо быв, з бульбою ды
з буракамі. Мо корова ды свінні. Папо мало росказвав,
ды й я молодая была, не вельмі і слухать хоцелосо. Ну,
помэрла вона. Од старості мо. Вжэ як папо мой егдів
на родіну, то маті его вжэ покойніца была. Ну а як жэж!
Ходів на могілку до ее.

Ну от жылі воны там, роботалі, а по́том война началаса, Міколаевска, і папу мойго забралі на хронт. Ён на
той войне і до звання дослужывса, унтер-офіцером быв.
А вжэ по́том на сторону большэвіков перэшов. Откуда ж
я знаю, чого ён перэшов до іх? Мо нравілосо, мо верыв
ім. Ены ж такіе брэхуны былі, голову задурать, хітрые-
хітрые! Обешчають всё на свете, мо і ён поверыв? І от
тые большэвікі послалі его до нас пропогондіровать
совецку власть. Ён сюды не одін прыехав, іх тут богато
было, от Скворцовой дед тожэ з ім быв, воны дружылі
поміж собой. Ну то я ж не знаю, шо вон тут конкрэт-
но робів! Мо шчо про совецку власть расказвав людям.
Не знаю я. Але от по́том сустрэв маму мою, Марфу, і
воны пожэніліса. Ну, любов, а як без любві? Полюбілі
ды пожэніліса. Я на маму похожа. Ена две косы до самой смерті носіла. Косы довгіе былі, ды вона заплете
іх, і такі прыбор в ее быв на две стороны. Ну! Красівая
была. Вона папу вельмі любіла. „Грышэнька“ его всю
дорогу называла. „Грышэнька, Грышэнька“. Робіла вона
сільно. Бывае, стірае в корыту і мене зове. А я малая, мо
тры годіка, а вона кажэ: „Надя, вучыса стірать“, — і по-
казывае мне, як мылом натіраті. Ну я вжэ стою ды тожэ

стіраю. І на поле мене всегда брала. Серпік в мене такі був моленькі. Мамо моя показвала мне, як жыто жаті, ды я вжэ і жала. А шо ж робіті? Помогаті трэба было! Але от пóтом вжэ, як мамо моя помірала, позвала вона мене до себе і кажэ: „Ой, дочэчку, шо ж я тебе не вучыла танчыть, а вучыла толькі робіті?" Од восполення лёгкіх помэрла вона. Это после войны было. Голота-босота! Ні лекарств — нічого не было. Папо плакав вельмі. І мы з сестрою плакалі. То похоронілі ее в Століну, радом з дедом Пэтром.

Дед мой Пэтро, мамін папо, Зборшчыком его называлі. Тому шо купляв землі ды здавав у орэнду, ходів збірать грошы за орэнду, от і назвалі Зборшчыком. Ешчэ й зарэ люді тут у Століну помн'ять его. Маті твоя неяк сустрэла Маруську з Горынской, то тая казала на ее Зборшчыкова. Помн'ять люді деда мойго, богаты вон быв, золото в его было, хата на две половіни, крыша жэстяная, у трыцоть сёмым ее построілі. Баба? Бабу Агафіей звалі, умэрла вона, я шчэ малая была. Помню трохі ее, добрая вона была, робіла богато. Бо в деда была і своя земля, то от вона на ёй і жала, і копала, і полола. А як жэж! Своя земля — за ею гледеть трэба. Ды чоловек, ды двое детей, мамо моя Марфа ды дядько Ф'ёдар. Всіх упородковать трэба. Ды наварыті, ды хату прыбраті, ды скотіну догледіті. А хто ж знае, чого вона умэрла? Чого люді вмірають?

Дык от дед Пэтро не любів мойго папу. Бо той быв з Росіі, не одсюль. І дочку за его оддавать не хотев, але ж оддав. А пóтом деті роділіся. Сын Захарый, то вон першы родівся, умэр шчэ моленькім. Папо вельмі плакав, ходів на кладбішчэ всё врэм'я, на могілку. Вжэ і могілка тая не осталаса, а колісь я помніла, де вона была. А пóтом я роділаса, за мною — девочка Вера. Я ее трохі помню. Помню, як плакала вона вельмі. Дітя ды й плакала. Вона тожэ умэ́рла, коло Захарыя похоронілі. Га? Ну! Ходів папо і до Веры на могілку, не толькі до Захарыя. То ж деті его! А по́том вжэ і моя сестра роділаса, баба Маша. Доглядала я ее. На руках качала, корміла, мыла. Мамо ж то в полі, то хозяйство управляла, а я вжэ помогала як могла. Тожэ ж дітя шчэ была.

А по́том папу здалі. Донеслі на его. То забралі его в Пінск, в поліцыю польскую. Там вон сідев у подвалу. Мама плакала вельмі, это я тожэ помню. Ну а як не плакаті? Двое детей, а чоловек в полоні! То тоды дед Пэтро взяв золото ды поехав у Пінск і там вжэ за золото тое выкупів папу мойго. Бачыш, не любів дед папу, але ж зараді дочкі ды нас, унуков, выкупів его. І после того вжэ папо одышов од совецкой власті. Не знаю, мо поняв, шо воны несправедлівые, брэхуны. Так вон на іх казав: несправедлівые. Пошов ён помогаті строіть цэрков столінскую, тую, шо на Горынской. Там і внутры ён столярку робів, і снаружы. А по́том Біблію чытав ды нас прывучвав. Добрэ тоды мы жылі. Работалі тяжко, але шо колі в жызні лёгкое бывае?

Ну а як война началаса, то вжэ под конец нехто знов на папу донёс. Некую фотографію з ім давнюю знайшлі і по этой фотографіі арэстовывалі всіх. Папо мой довго ховавса. По лесам, по болотам. Жызні ніякой не было. І от однажды вон пошов до хлева управляцца. У нас у Століну хлевы на другой вуліцы стоялі, туды — уніз, называласа вона Оборной. І от оттуда его немцы з вінтовкамі і прыгналі. Так нас всіх забралі і пешшу до станцы повелі, а там вжэ одправілі в Германію. Я там пошті не робіла. Чысліласа в огороде, сестра овечкі пасла. А в мене раненне было ды воспаленне почок, тры месяца я в больніцэ там пролежала. І от мы там жылі в одной комнате, і вжэ тые освободітелі прышлі, і як прыстав одін до мене — ну нема мне рады! Всю ночэньку до рассвета не спала — ховаласа. А утром пошла до іх командіра ды кожу: „А шо это за освобожденне такое?“ А то неяк среді трупов лежала. Ховаласа! Знаю я это іхнее освобожденне! Такіх девчат, як я, вешалі. Ну хто? Совецкіе! Як чого? Шо мы в Германію поехалі! Як бутто мы са́мые! Ну то от по́том вжэ мы всі со Століну собраліса ды рэшылі істі дохаты. А папо тоды сказав, шо пойде за некімі документамі. Ну я ж не знаю, за екімі. Вон не говорыв. І мамо з ім пошла, а мы з сестрою самые осталіса. Ждалі мы іх мо два дні, а іх нема і нема, вжэ столінцы істі збіраюцца, не хочуть больш ждаті. То мы з сестрою рэшылі тожэ істі. І от мы пешшу з Берліну до Варшавы шлі, а по́том вжэ на некіх поездах добіраліса. І в самы день Победы прышлі мы дохаты. А хаты вжэ той не было. Спалілі немцы хату, і люді всё разобралі. Дажэ жэстяной крышы не оставілі. Всі хаты на вуліцы былі цэлые, а нашу спалілі. Мабыть, тому, шо папо мой быв пры совецкой власті колісь. А мамо з папой прышлі з Германіі только в ноябры месяцы. Нічого з собою не прынеслі! Люді подводамі везлі, а воны — нічогусенькі! Толькі одну Біблію папо прынёс. На руском языку напісана, тысяча дев’ятьсот сорок першого года іздання. Я зарэ всё врэм’я ее чытаю. То ні мамо, ні папо ніколі не расказвалі, де воны этые полгода былі ды за екімі документамі ходілі.

Я по́том роботала бухгалтером на маслозоводе. Зарплата мо двесті рублей была, а буханка хлеба стоіла шэссот. Ну от так жылі. Голы-босы, ні одецца во шо, ні обуцца. Пісала я на газетах. Чэрніла не было. То збіралі этые яблочкі дубовые. Не, не жолуді. От такіе яблочкі на дубовых лісточках, і запарвалі іх. Тым і пісалі. Сёння напішэш, а завтра — свішчы-ішчы, нічэво не відно! А пóтом я з дедом твоім познакомілася ды і замуж скоро вышла. І перэехала в Берэжнэ. Там у деда хата была. Старая, з земляною подлогою. Дед з маті своею жыв, прабабою твоею, Верой. Помніш жэж ее? Ды я прыехала туды з папом і сестрой. От так все впятёх і жылі. До бабы Веры шчэ страннікі прыходілі і останавліваліса. Батько ее быв цыган, коваль пры пану. То баба по Псалтыру гадала всім. Вельмі веруюшчая была. От бывало прыдуть до ее і кажуть: „Бабо, погадайте мне, чы поступлю я в інстітут?“ Вона достане свой Псалтыр, стары вон быв, одкрые на екой сторонке, прочытае, шо там напісано, і кажэ: „Не перэжывай, все буде добрэ, поступіш!“ Ну а пóтом як вжэ гэты чоловек поступіть, то прынесе шо бабе, то екэ яйцо, то банку молока. Вжэ шо е. Бо бедно ж тоды жылі. У бабы Веры пенсіі не было. Чого не было? То тоды только после войны колхозы організовываліса, а вона не ходіла туды, бо вжэ за детьмі моімі гледела. Юра сначала родівса, пóтом Коля, а пóтом Вера. То в ее стажу не было ніякого, і пенсіі вона не получала. І папо мой пенсіі не получав. Казав толькі: „Надя, мне от ніх нічэго не надо, я сам себе зароботаю“. Ходів вон по людях, столярку ім робів, ды і жыв вжэ в іх. Вельмо вон любів Росію. За всю свою жызнь тут ні одного слова по-нашому не сказав, только по-руску. І мне все врэм'я говорыв: „Надя, зачем ты так разговаріваеш? Говорі на русском языке!“ А я шо? Где роділся, там і прігоділся.

Папо умэр у п'едесят дев'ятом. Прышов у хату, залез на печ, я — до его: „Папо, папо, шо з вамі?“ А вон лёг і сказав: „Смерть во чреве моём“, — і умэр.

Баба мовчкі плачэ. Достое з кормана комізэлькі плоток, вытірае сухіе слёзы. Я глежу на тое, як вона

по-дітячы крутіть у руках плоток, і вспомінаю серэ-
брысты помнік руского прадеда Грыгорыя, шо похо-
ваны на кладбішчы у Берэжном, радом з моею пробабой
Верой, наполовіну беларуской і наполовіну цыганкой.

снежань 2023

„Пяшчота“

Цеста

Дзве сталовыя лыжкі мёду

У дзеда было сем вуллёў. Пяшчотна-блакітныя, яны стаялі паміж грушамі і яблынямі. Я памятаю соты, што адразала нажом і клала сабе ў рот, аблізваючы пальцы, далонь, а бывала, што і прыдалонне. Потым жавала іх, і мне хацелася думаць, што ў мяне ў роце Love is... Але слодыч праходзіла, і я выплёўвала рэшткі прэснага воску на траву каля ганка.

Два яйкі

І баба Надзя, і баба Ліда трымалі курэй. Яйкі бабы Надзі заўсёды прыязджалі ў вялікіх каробках разам са мной з вакацый, ці разам з маці, калі яна ездзіла да бацькоў. Бабіны Лідзіны яйкі я прывозіла дахаты на ручцы раскладнога ровара ў гаспадарчай сумцы разам з трохлітровым слоікам малака.

Пяцьдзясят грамаў масла

Масла да нас у краму завозілі вялікім кавалкам і разам з каўбасой ставілі пад шкло ў лядоўню. Калі даходзіла мая чарга, я гаварыла прадавачцы: „Дзвесце грамаў масла“. І тая адразала ад кавалка няроўны прамавугольнічак, клала яго на карычневую паперу, потым — на шалі і казала: „Дзвесце пяцьдзясят“. І я ўпотайкі глядзела на стрэлку шаляў (глядзець прыказвала маці — каб не абважылі) і загадчыцкім тонам адказвала: „Няхай будзе!“

Адна шклянка цукру

Мяшок з цукрам у пяцьдзясят кілаграмаў бацька перакідваў праз раму мапеда, прывозіў дахаты і ставіў у каморку. Потым, калі пасля кожнага наведвання крамы бацька прыходзіў дадому п'яны, маці стала адпраўляць па цукар мяне з роварам. Я заўсёды радавалася, калі са мной ездзілі хлопцы, мае сябры. Яны ўдваіх браліся за мяшок з розных канцоў і прыбегам падносілі яго да мяне.

Дзве чайныя лыжкі соды, пагасіць у воцаце

Содай мама мыла посуд, адцірала кубачкі ад следу гарбаты. Мыйных сродкаў для посуду ў нас у вёсцы не было, то мылі гарчыцай, кававай гушчай. Бывала, маці прыносіла са школы кулёчак соды ці гарчыцы, які ёй давала школьная паварыха. Калі справа даходзіла да трохлітровых слоікаў з-пад малака, маці клікала мяне, бо яе рука ў слоік не пралазіла.

Усё паставіць на вадзяную баню, мяшаць. Калі распусціцца, дадаць адну шклянку мукі, перамяшаць і затым дабавіць другую. Астудзіць і вывернуць на дошку. Дадаць яшчэ адну шклянку мукі і замясіць цеста.

Крэм

Сто пяцьдзясят грамаў масла

Масла ў пачках па 200 грамаў яна прывозіла з Пінска ці Століна, калі ездзіла туды па справах альбо на базар, каб купіць што да школы ці каб прадаць памідоры, часнык, вішні, гарбузовыя семачкі. Яна прыяджала дахаты пасля абеду, змораная, змерзлая ад чакання папуткі, даставала два пачкі масла і клала іх у лядоўню, на дзверы, на верхнюю палічку.

Адна шклянка цукру

Спачатку ў яе была гранёная шклянка, сапраўдная, з якой звычайна пілі ці гарэлку, ці віно. Потым мужык па п'янцы разбіў яе і астатні посуд, што стаяў у бліжэйшай шафцы. Тады яна набыла гранёную шклянку з межамі. Вельмі радавалася, калі пабачыла яе ў гаспадарчым аддзеле раённага ўнівермага — быццам знайшла цацку, аб якой марыла з дзяцінства. Ужо і развялася, і дзеці павырасталі, унукі пайшлі, а шклянка так і стаіць у ніжняй шафцы на кухні. Тая дзіцячая радасць яе захавала.

Трыста-чатырыста грамаў смятаны

Смятану для торта яна купляла ў гарадскіх крамах, у вёсцы яе не прадавалі. У горад для такой нагоды трэба было ехаць з бідончыкам, у які летам ірвалі вішні. З аўтобуснага прыпынка на шашы дадому ісці было з паўгадзіны, увесь шлях маці трымала бідончык са смятанай за драўляную ручку і асцярожна, нібы дзіця, што толькі навучылася хадзіць, вяла яго дахаты.

Спачатку была пяшчота, а ўжо потым, у дарослым узросце, прыйшло разуменне, што гэта быў мядовік.

Маці пякла „Пяшчоту“ два разы на год: на дзень народзінаў мой і брата. Цяпер я пад спевы „Happy birthday“ у траўні і жніўні стаўлю „Пяшчоту“ на стол перад сваімі сынамі.

лістапад 2023

Мясарубка

Пасля таго як баба Гэля сказала, што ў Людкі мясарубка рэжа лепш, Рая паўночы варочалася так, што разбудзіла Лёню, і той забурчаў:

— Чаго круцішся бы ўюн на патэльні?

Рая нічога не адказала, паднялася з ложка, пайшла папіла вады з чайніка, схадзіла ў прыбіральню, ціхенька, намагаючыся не зачапіць Лёню, лягла пад коўдру. Заснула яна ўжо пад раніцу — і то не спала, а драмала і нібы некуды правальвалася. Снілася ёй, што едзе яна ў Менск да Уладзіка, які нібыта служыць у арміі. Перасаджваецца ў Баранавічах на менскую электрычку, заходзіць у вагон, а там Уладзік сядзіць, дарослы, чыста выгалены, у новай параднай форме, і трымае на каленях нацёртую да бляску мясарубку.

Рая расплюшчыла вочы і пачула, як на кухні трашчаць яйкі. За ўсё жыццё толькі адной раніцай Лёня не гатаваў свой сняданак. Гэта было пасля таго, як знайшоўся Уладзік. Лёня тады не мог два словы звязаць. Рая спужалася і выклікала хуткую. Тыя прыехалі, паставілі супакойваючы ўкол і сказалі ляжаць, нават прычыну назвалі: стрэс. Але Рая сапраўдную прычыну сама ведала: пасля таго як пазваніла Лілька і сказала, што Уладзік знайшоўся ў нейкіх спісах і гэта значыць, што ён жывы, Лёня не ведаў, ці радавацца яму, ці плакаць. Вось яго так нагайдала на тых арэлях, што і мову адняло.

На сарочку Рая накінула аксамітны халат і пайшла ў прыбіральню. Яна спешна памыла рукі, выціснула на зубную шчотку гарошыну пасты і ўспомніла, як учора на лаве баба Гэля сказала ёй: „Мясарубка ў Людкі рэжа лепш!“ Рая апусціла руку са шчоткай і голасна ўздыхнула: „О-хо-хо!“

— Што ўжо? — запытаўся Лёня і макнуў кусочак чорнага хлеба ў цягучы жаўток.

— Ды нічога, — адмахнулася Рая і ўключыла чайнік.

Яна адчыніла лядоўню, каб узяць сыру, і ўнізе, каля пачка тварагу, заўважыла кавалак свініны, які хацела сёння скруціць на фарш. Ад выгляду гэтага крывавага шмата яе занудзіла, і яна хутка зачыніла лядоўню, укінула ў вялікі кубак пакецік гарбаты і заліла яго кіпнем.

— Слухай, Лёня, можа, навострыш мне нажы ў мясарубцы?

— Дык я ж некалькі тыдняў таму іх вастрыў! — адказаў Лёня, вылізваючы куском хлеба талерку.

— Нешта рэжуць дрэнна, — Рая гэта сказала голасам бабы Гэлі і спужалася.

Не падымаючы галавы, Лёня адказаў:

— Добра, гляну.

Нават суседзі паціху называлі Лёню падкаблучнікам. За тое, што ніколі не хадзіў з мужыкамі з суседняга дома піць за гаражы, што заўсёды цягнуў на сабе сумкі з базару, што кожны год перад Вялікаднем мыў вокны ў кватэры. Рая ведала пра гэтую ціхую пагарду і толькі дзякавала Богу за Лёню, які не напіваўся і не паднімаў ні на яе, ні на дзяцей рукі. Рая ніколі не думала пра Лёню як пра падкаблучніка, таму што, нягледзячы на сумкі, вокны і смажаныя яйкі, гаспадаром у іх сям'і быў ён. Ні адзінае рашэнне ў іх без Лёні не прымалася. Лісты і хадайніцтвы наконт Уладзіка заўсёды пісаў ён, грошы на долары мяняў ён, калі трэба было пасварыцца ці з-за газу, ці з-за камунальных, Лёня апранаў свой чорны касцюм, што купіў у Лунінцы на базары на выпускны Лількі і Уладзіка, і моўчкі ішоў „у кантору“. Яна ніколі не чула, што Лёня там гаварыў, але амаль заўсёды ён вяртаўся дамоў з перамогаю.

Рая пад кранам мыла посуд і думала пра кавалак мяса ў лядоўні. Што яго трэба скруціць, заправіць і паставіць назад, нацерці бульбы і насмажыць калдуноў на вячэру. Лілька заўсёды любіла калдуны. Калі Рая іх смажыла, яна заходзіла на кухню і сачыла, як каструля, што стаяла разам з патэльняй, запаўнялася калдунамі з карычневай хрусткай прыгаркай. Потым, ужо за сталом, яна клала сабе на талерку тры калдуны, на кожны з іх маленькай лыжачкай выкладвала горачку смятаны, размазвала яе і, усміхаючыся, бокам відэльца адразала кавалачак.

— Нажы вострыя, не затупіліся, але я ўсё роўна іх падвастрыў, — раптам сказаў Лёня і паклаў мясарубкаўскія нажы ў ніжнюю шуфлядку.

— Дзякуй, — адказала Рая, аглядваючы Лёніну акуратна пастрыжаную патыліцу.

— Мо дапамагчы мяса скруціць? — запытаў Лёня.

— Не, я сама ўжо, ты ідзі — рабі што сваё.

Свайго рабіць у Лёні не было, таму ён пайшоў у залу, уключыў тэлевізар, і Рая пачула:

— Кількість жертв російського удару по портовій інфраструктурі Одеської області увечері зросла до 7 — вранці 10 липеня у лікарні помер важкопоранений чоловік...

Ужо больш за два гады Лёня глядзеў толькі ўкраінскае тэлебачанне. Добра, што талерка цягнула як і раней. Рая глядзела „іхнія" фільмы і серыялы. Апошнія вельмі любіла і паважала. Глядзела, не каментуючы, смакавала на язык сваю родную мову, якую, нягледзячы на пяцьдзясят год на чужыне, усё роўна памятала.

Ад званка тэлефона Рая скаланулася. Яна хутка абцерла рукі аб ручнік, што вісеў на ручцы духоўкі, і паднесла да твару тэлефон. На экране свяціўся незнаёмы нумар. Рая моўчкі паклала тэлефон у кішэню халата і выкінула пакецік гарбаты з кубка ў вядро са смеццем.

Рашэнне прыйшло, калі яна выцірала крошкі з цыраты. Рая сама сабе ўсміхнулася, кінула гануччу ў мойку і выйшла з кватэры. На пляцоўцы паглядзела на лесвічныя пралёты і рашуча накіравалася на трэці паверх. Лесвіца над яе кватэрай была бруднай, з некалькімі ўжо прытаптанымі бычкамі. Тут жылі баба Гэля, Палейчыха і Кроль. Усе пенсіянеры. Таму лесвіцу яны ніколі не мылі, чакалі, што ЖКГ урэшце нойме кагосьці, але хто ж за 100 рублёў пойдзе пад'езды мыць? Рая свой пралёт мыла кожную суботу. У яе пад ракавінай у ваннай нават была асобная гануча для мыцця лесвіцы: старая

Уладзікава майка. Таму кожны раз, праводзячы мокрай гануччай па шурпатых прыступках, Рая ўспамінала Уладзіка. І чамусьці заўсёды ёй узгадвалася адное і тое ж: як пасля першай сесіі Уладзік сядзеў на кухні і прагна еў тоўчаную з маслам, малаком і яйкам бульбу, смажаную пад гнётам куру, любімую салату з крабавымі палачкамі і запіваў усё гэта вішнёвым кампотам, які яна толькі для яго і закатала.

На трэцім паверсе лесвіца была чысцейшай: Людка глядзела за парадкам і таксама па суботах мыла свой пралёт ці прымушала яго мыць сваіх хлопцаў, якія агрызаліся, але баючыся, што маці перацягне мокрай гануччай па твары, мылі. Рая націснула на чорную пімпачку званка і пачула, як у кватэры зацвіркала электронная птушка. Дзверы расчыніліся, і там паказалася Людка з пакетам на галаве, з-пад якога на лбе і на вушах выступала рудая фарба.

— О! Паўлаўна! Добры дзень!

— Добры дзень, Люда! — адказала Рая. — Я тут мяса хачу скруціць, то мо пазычыш мне сваю мясарубку на пару гадзін?

— Канешне пазычу! Праходзьце! Праз парог жаж не буду перадаваць!

Рая ступіла на зялёную дываную дарожку і паглядзела на сябе ў люстру шафы-купэ.

— Вось, Паўлаўна, мясарубка, ужо сабраная, сёння ў мяне госці ў пяць, то як не паспееце да гэтага часу, заўтра занесяцё.

— Добра, Людачка, я сёння прынясу, у мяне там не багата! Дзякуй вялікі! Уратавала ты мяне!

— Ды нічога, Паўлаўна, суседзі ж!

Людчына мясарубка была такая ж, як і Раіна. Адзін у адзін. Але Рая адчувала нейкую чужыну. Ці то на ёй не так блішчэла сонца, ці то драўляная ручка была больш начышчанай, ці то на баку ззяла лішняя скрабіна. Але Рая напэўна ведала, што гэтая мясарубка, якая, здавалася, так хацела памяняцца ўладальнікамі, была чужой, не сваёй, не тутэйшай. Рая раскруціла яе і дастала з сярэдзіны нажы. Паспрабавала іх на пазногаць, як колісь вучыў дзед. Нажы ціха шкрабанулі. Рая не ведала, ці радавацца гэтаму шкрабу, ці не, таму заглянула ў сярэдзіну мясарубкі і правяла там рукой.

Калі Рая круціла мяса на фарш, то заўсёды дабаўляла туды сала. Так яе навучыла маці. Катлеты тады атрымоўваліся сакавітымі, нібы белы наліў улетку. Людчына мясарубка круціла мяса хутка, але Рая не разумела, ці гэта на самай справе было хутчэй і, як казала баба Гэля, лепш, чым яе ўласная мясарубка, ці не. Яна хацела ўжо спыніцца і лішкі мяса скруціць на сваёй, але ж падумала, што замест адной прыйдзецца мыць дзве мясарубкі, і працягнула круціць ручку з драўляным набалдашнікам. З залы данёсся жаночы плач, потым нейкія галашэнні:

— Доню! Доню!

Рая паглядзела на гадзіннік на руцэ: да яе серыяла заставалася сорак хвілін. Ручка мясарубкі закруцілася скарэй, і саломкі апошняга мяса павылазілі з насадкі. Рая ўсадзіла ў мясарубку набрынялы малаком батон, падставіла глыбокую талерку, і маленькія хлебныя чарвячкі, разрываючыся, западалі на дно з блакітнай кветкай. Нечакана гучна зазваніў Раін тэлефон, яна ўсхапілася, падсунула рукі пад кран з гарачай вадой, абмыла іх і выцерла ручніком. Тэлефон усё званіў. Рая адкінула вокладку чахла, зірнула на экран, там гучна свяціўся незнаёмы нумар.

— Цьфу! — сплюнула Рая і палажыла тэлефон на стол.

Тэлефон яшчэ доўга званіў, потым пераставаў, потым зноў званіў два разы. Рая за гэты час дакруціла батон і пачала разбіраць мясарубку.

— Давай заблакую, — сказаў Лёня, з'явіўшыся ў дзвярах.

— Бяры, чаго пытаеш? — Рая кіўнула галавой у бок стала. Яна ўжо разабрала Людчыну мясарубку і складвала яе ў вялікую, для мыцця посуду, міску. — Свой тэлефон занясі да Антона, хай там паляжыць.

— Дык а твой?

— Я свой схаваю!

Лёня недаверліва паглядзеў.

— У трусы схаваю! Мо ў трусы не палезуць?

Лёня выйшаў, і Рая пачула, як ён ціха зачыніў за сабою дзверы.

Калі Лёня павярнуўся, Рая ўжо выцерла і сабрала мясарубку. З залы данеслася:

— Открывать до десяти современных объектов в год в каждом регионе — задача, поставленная Пре... Координаційний штаб з обов'язкової евакуації населення ухвалив рішення про примусову евакуацію 497 дітей у Сумській області через небезпеку для їхнього життя.

Людка адчыніла дзверы не адразу. Рая пачула гучны роў з некалькіх галасоў і спужалася, што прыйшла позна.

— Прабач, я, мабыць, не да часу, — хутка загаварыла Рая, нават не прывітаўшыся.

— Не, Паўлаўна, усё добра. Колеў дзень народзінаў святкуем, сваты от раней прыехалі, ды дзеці.

Рая адчула пах алкаголю, які нагадаў ёй яе бацьку.

— Ды я толькі мясарубку табе прынесла. Дзякую, што пазычыла! Мяса накруціла, зараз пайду нараблю калдуноў!

Людка ўзяла мясарубку, кінула „Няма за што“ і зачыніла за сабою дзверы.

Рая глянула ў тэлефон — серыял пачынаўся праз пяць хвілін.

Вечарам яны прытулілі Раін тэлефон да цукарніцы, налажылі сабе па тры калдуны, наверх на іх — па лыжцы смятаны і патэлефанавалі Лільцы.

— О, вітаю! Я зараз у аўтобусе еду, праз тры прыпынкі выйду ды патэлефаную вам, добра?

— Добра-добра, дочачка! — заспяшалася Рая, і званок абарваўся.

— Мо з работы едзе, — пракаментаваў Лёня.

— Мо, — адказала Рая і задумалася: есці ёй свае калдуны ці чакаць, калі дачка патэлефануе? Яна паглядзела на Лёню, які вілкай адрэзаў ад калдуна кусок, абмакнуў яго ў горку смятаны на талерцы і адправіў у рот.

— Еш, пакуль гарачыя! Яна ж сказала, што патэлефануе, — прамовіў Лёня, пражаваўшы.

Рая моўчкі пачала есці. Нечакана зайграў тэлефон, і на экране высветліўся незнаёмы нумар.

— Зноў! — раздражнённа ўскрыкнула Рая.

— Дык хай звоняць хоць абзвоняцца! — спакойна сказаў Лёня, не адрываючыся ад вячэры. — Зараз заблакую.

Рая толькі ўздыхнула і запіхнула ў сябе занадта вялікі кусок калдуна.

Гэта была Лёнева ідэя — званіць Лільцы ў час вячэры. Пасля таго як Уладзіка забралі, яны заўсёды вячэралі моўчкі. Лёня спрабаваў размаўляць, нават падбіраў нейтральныя тэмы, але як толькі яны пачыналі гаварыць пра вясну, ягады ў лесе ці спад кошту на кватэры, як абаім у галаву прыходзіла думка, звязаная з дзецьмі. Уладзік любіў вясну, таму што, як толькі цяплела, адразу скідваў з сябе цяжкі зімовы пухавік і апранаўся ў байкі. Ліля ягады збірала вельмі старанна, нават калі была зусім малая і хадзіла ў лес з бабаю, а вось ва Уладзіка на гэта не хапала цярпення. Дачка Гамоніхі набыла трохпакаёўку зусім танна, а калі сваё жыллё будзе ў Лількі і Уладзіка? Таму Лёня і прыдумаў: каб не траціць нервы і не есці ў цішыні, за вячэраю яны будуць тэлефанаваць Лільцы. Рая спадабала гэтую ідэю і цяпер заўсёды старалася гатаваць тое, што асабліва любілі дзеці, ці нешта проста прыгожае: пірагі з нейкімі па-хітраму плеценымі косамі, рознакаляровую салату з чырвоным, жоўтым, аранжавым і зялёным перцам, жэле са смятанай і праслойкай з какавы.

Тэлефон зноў зайграў, на экране высвецілася „Дачушка“, Рая адкінула некуды ўверх зялёную кнопку, і ў тэлефоне паказалася Лілька.

— Ну што ты? — запыталася Рая.

— Я добра, іду з беларускага кніжнага клуба, пазнаёмілася з цікавымі людзьмі, шмат чаго абмяркоўвалі ды проста гаварылі пад гарбату. Добра ўсё ў мяне. Як у вас? Ці ёсць якія звесткі ад Уладзіка?

У тэлефон улез Лёня:

— І ў нас усё добра. Сёння маці калдуноў нарабіла. Смаката! Заўтра на базар пойдзем, вішню купляць, ды варэнікі ляпіць будзем!

— Эх! Дзед вельмі любіў варэнікі, помніш, мам? Ён бабу ўвесь час прасіў варэнікаў наляпіць, яна злавала крыху, але ўсё роўна ляпіла.

— Так, вельмі ж ён іх любіў, — усміхнулася Рая.

— Ці званіў вам хто? Мо радня якая?

— Ніхто не звоніць, дочачка. Усе баяцца. Толькі незнаёмыя нумары звоняць, дык тата іх блакуе.

— А што за нумары? Мясцовыя ці мабільныя?

— Мабільныя, — зноў уварваўся Лёня. — Сёння цэлы дзень званілі.

Лілька маўчала.

— Нават цёця Воля не звоніць?

— Не, канешне. Ты што? У яе дзеці пры партфелях, яны ёй, напэўна, прыказалі не званіць, дык і не звоніць.

— Дык ты б ёй пазваніла і папытала б, чаго яна не звоніць.

— Ой, а яно мне нашто, дочачка? Хай сабе жывуць на здароўе. Мы ўдвох, нам ніхто не трэба, каб толькі вы былі! — Рая адвярнулася ад тэлефона.

— Ліля, я свой тэлефон да Антона занёс, то не пішы пакуль і не звані туды. Думаем, мо прыйдуць да нас заўтра, бо раней кожны раз з незнаёмых нумароў званілі перад тым, як прыйсці.

— А мамін тэлефон?

— Я ў трусы схаваю! Мо ў трусы не палезуць!

Лілька насупілася.

— Ды ты не хвалюйся, дочачка, — вярнулася да размовы Рая. — Ты там у бяспецы, а мы тут каму патрэбныя?

Ну, прыйдуць, патрэплюць нервы, я валяр’янкі вып’ю ды й ачуняю...

Яны гаварылі доўга, Рая расказвала Лільцы, як яны ездзілі на могліцы, як сустрэлі там Капейчыху, што вучылася з Лёнем, і што Капейчыха, апіраючыся на палачку, гаварыла пра Байдэна і Амерыку. Лёня апавядаў, што калі выносіў смецце да машыны ўчора, то мужыкі з суседняга дома сварыліся за палітыку: адзін ганьбіў НАТА, другі — Еўропу. А пасля таго як Лільчын твар знік з тэлефона, яны разам падняліся і сталі прыбіраць са стала.

Званок у кватэры празвінеў у час сняданку. Лёня даядаў свае яйкі, а Рая дапівала каву. Яны паглядзелі адно на аднаго, Рая паднялася з-за стала, адвярнулася да лядоўні і запіхнула свой тэлефон некуды пад халат. Пасля чаго дастала з шафы бутэлечку з валяр’янкай і ў шклянку з цёплай вадой накапала трыццаць пяць капель.

За дзвярмі стаяла Людка з мясарубкай у руках. Яе валасы яшчэ трымалі ўчорашнюю прычоску, а ад цела ці адзежы цягнула святам.

— Я, канешне, прабачаюся, што так рана, але гэта не мае нажы ў мясарубцы, — выпаліла яна ў твар Раі.

— Як не твае? — падскочыла Рая.

— Ну не мае — і ўсё! Мае добра рэзалі, а гэтыя — не!

— Дык я ж твае туды і паставіла! — хлопнула рукамі па баках Рая.

— Паўлаўна, я вам кажу, што гэта не мае нажы! — адрэзала Людка, усунула ў Раіны рукі мясарубку і выйшла.

Лёня праглядзеў усю сцэну і, пасля таго як Рая села ў фатэль і заплакала, ціха сказаў:

— Зноў ты ні за што ні пра што ў нейкае гаўно ўлезла!

Ён забраў у Раі мясарубку і выйшаў на балкон, праз хвіліну яна пачула, як Лёня возіць падпілкам па нажах. Тут у дзверы зноў пазванілі, Рая хутка выцерла слёзы і адчыніла. На лесвічнай пляцоўцы стаялі два міліцыянты.

— Лилия Леонидовна Курсевич тут проживает?

— Лёня! Лёня! — пазвала Рая.

Лёня ўстаў у канцы калідора і паглядзеў на міліцыянтаў.

— Лилия Леонидовна Курсевич тут проживает?

— Не, яна з'ехала на пастаяннае пражыванне ў Польшчу, — адказаў Лёня.

— Прописана она тут?

— Пакуль што так.

— Сейчас мы понятых позовём и проведём обыск. Вот постановление.

— Ой, хлопцы, хлопцы, што ж вы робіце? Ні Бога, ні людзей не баіцёся, — пачала галасіць Рая, але Лёня ўзяў яе за плячо — і яна супынілася.

Панятымі прывялі Людку і Колю. Яны ўдвох стаялі ў калідоры і маўчалі. Рая не магла зразумець, ці ім было сорамна за Лільку, баламутную суседскую дачку, ці за тое, што ім прыйшлося быць панятымі і сведкамі таго, як міліцыянты адчынялі шафы і шуфлядкі ў хаце суседзяў. Калі ўсё скончылася і ўсе паперы былі падпісаныя, адзін з міліцыянтаў сказаў:

— Как только дочка вернётся, сообщите в милицию.

— Дык... — пачала Рая, але Лёня зноў націснуў ёй на плячо.

— До свидания! — сказалі міліцыянты, трохі патапталіся каля дзвярэй, чакаючы адказу, і пашыбавалі.

— Ну, мы таксама пойдзем, — ціха прагаварыла Людка.

— Пачакай, — сказаў Лёня і праз імгненне прынёс з балкона мясарубку. — Вось, падвастрыў. Твае там нажы стаялі, у нашых ёсць шчарбіна.

Людка абняла мясарубку і выйшла.

ліпень 2023 — лістапад 2024

Катоа[1]

Цена котоу катоа.

Ко Пісьмінь це маунга.
Ко канава ці ава іці.
Ко беларусы це іві.
Ко палешукі це хапу.
Ко Радчыцк це па тафіто.
Ко Касцюк току фанау.
Ко Міхаіл току папа.
Ко Вера току мама.
Ко Зьміцер току тунгане.
Ко Вольга току інгоа.

Цена котоу. Цена котоу. Цена котоу катоа[2].

Я ведала, што ён быў сярэднім у сям'і. У яго быў сіндром дэфіцыту ўвагі і гіперактыўнасці, і ў дзяцінстве ён шмат смяяўся, рагатаў. Нават калі яму было балюча і калі на яго ад безнадзейнасці крычаў бацька, ён рагатаў так, што я праз гады чула гэты рогат. Эма казала, што ён працаваў на працы сваёй мары: будаваў скейт-паркі. А потым на сваім шурпатым скейце іх абкатваў. Я бачыла відэа, як ён катаўся: таксама, як і рагатаў, — голасна і самааддана, быццам лётчык на авіяшоу. Узлятаў над цэментавым катлаванам, рабіў пятлю і прызямляўся на свой расьпісаны балончыкам скейт. Відэа зманціравалі пасля яго смерці сябры па скейт-парку.

Яшчэ ў яго былі трохгадовая дачка і партнёрка. Пасля таго дня я ўвесь час думала пра гэтую дзяўчынку з кветкавым імем. Думала да тае пары, пакуль не даведалася пра дзвюх блізнят, што ўжо ляжалі пад сэрцам. І тады жах за дзяўчынку змяніўся на жуд за блізнят. Як будуць жыць яны, тыя, што ўсё жыццё пранясуць гэты радок у сваім рэзюмэ: наш бацька памёр да таго, як мы нарадзіліся?

У той дзень Эма не прыйшла на працу. Менеджарка сказала, што яе брат спрабаваў скончыць жыццё самагубствам, і Эма разам з бацькам паехала да яго ў шпіталь. Здаецца, ён памер на наступны дзень, калі я варыла флэт-уайт для вельмі ўайт мужчыны ў аранжавай спяцоўцы. Праз пару гадзін белы бацька карычневага хлопца ўжо загружаў труну ў свой ют. Пяць гадзін дарогі ён перажываў, што дождж капае на труну, але ціснуў на газ і гнаў у сынаў *марай*[3].

Я адразу адказала, што паеду ў *марай*. Таму што так рабіла мая маці. Калі паміраў нехта са знаёмых ці з іх родных, яна ішла ў хату і развітвалася з нябожчыкам, моўчкі пакідаючы грошы на стале ў кухні. А перад маці так рабіла мая баба, а перад ёю — прабаба. І па традыцыі, пранесенай не толькі праз гады, але і праз адлегласць у тысячы кіламетраў, я паехала ў *марай*, каб развітацца з братам калегі.

Ты не можаш проста так зайсці ў *марай* — цябе павінны паклікаць, запрасіць. Калі мы пад'ехалі да некалькіх будынкаў з высокім двухсхільным дахам, ужо шарэла. Была звычайная паўночная зіма з плюсавым холадам і бясконцымі дажджамі. У той вечар дождж, нібы кудысьці дайшоўшы, спыніўся. Але з-за таго, што ўсё было мокрым з пачатку зімы, здавалася, што дождж тут ідзе вечна. Мы стаялі па-за брамай *марая* і чакалі, калі нас паклічуць, перакідваліся нейкімі фразамі пра холад, Эму і яе стрыечную сястру, якую заўважылі ў двары *марая*. Раптам на ганак выйшла жанчына і высокім голасам заспявала:

— Харэ май! Харэ май! Харэ май![4]

Я глядзела на спіну менеджаркі і павольна, услухоўваючыся ў невядомыя, але джалячыя сярэдзіну словы, ішла за ёй услед. У дакументальнай кінастужцы хто-небудзь з нас заспяваў бы ў адказ, і дуэт, а можа, нават і хор галасоў выбіў бы слязу з гледача на канапе. Але ніхто з нас, чатырох маары і адной еўрапейкі, якой я тут неўзабаве стала, не ведаў, што і калі спяваць, таму мы проста ішлі.

Мяне заўсёды здзіўляла, чаму *марай* пахне царквой. Маёй беларускай вясковай царквой, з мноствам ікон і намоленымі тлеючымі за здароўе ці за спачын свечкамі. Чаму ў *мараі* я заўсёды станавілася, распроствала плечы і клала правую далонь паўзверх левай: на выпадак, калі прыйдзе час перахрысціцца? І чаму, пакуль слухала спевы на зусім незразумелай мне *це рэо*[5], у мяне ў галаве праносілася думка, што я хачу дамоў? Хачу сядзець у маці на кухні, есці таўчаную драўляным таўкачыкам бульбу і слухаць пра Валю, хлопец якой паступіў у індустрыялку, і думаць: „Хто такая Валя?“ — але не перапыняць аповед, а есці і слухаць, есці і слухаць, есці і слухаць…

У *мараі* было змрочна. Каля дальняй ад увахода сцяны стаяла труна, вакол якой на падлозе, сярод мноства коўдраў сядзелі людзі. Мы па чарзе падышлі да труны. Некаторыя проста прыгнулі галовы да нябожчыка, але я пацалавала яго руку. Бо так было прынята на маёй зямлі. Памятаю, калі мы з класам хадзілі праводзіць нябожчыка-бацьку нашай аднакласніцы, які памёр „ад гарэлкі“, я таксама цалавала яму руку, якой ён кожны раз, калі недапіваў, лупасіў жонку і васьмёх дзяцей.

Нябожчык быў значна меншы, чым на відэа са скейтбордам. У яго на галаву была нацягнута вязаная чорная шапка — быццам і яму было холадна ў зімовым *мараі*. Потым Эма раскажа, што партнёрка знайшла яго вісячым у гаражы і перарэзала вяроўку, але не паспела ці не падумала схапіць яго, і ён упаў, стукнуўся галавой аб бетонную падлогу, і яшчэ да прыезду хуткай тая распухла амаль што ў два разы. У шпіталі яго падключылі да апаратаў, што падтрымліваюць жыццё, але Эме, яе бацьку, маці і партнёрцы прыйшлося прымаць рашэнне націснуць на кнопку. Так ён і памёр: пасля таго як нехта з іх сказаў „Ес“.

Вакол труны сядзелі людзі, у асноўным жанчыны і дзеці. Я абдымала іх моўчкі, бо слова „кондоленсес“[6] мяне пужала сваёй нязграбнасцю і тым, што ад хвалявання я магу спатыкнуцца і зрабіць у ім памылку. Потым мы, нібы ў касцёле, селі на лаўку і доўга сядзелі ціха, разглядваючы чорна-белыя фотаздымкі на сценах *марая*. Жанчыны з ажурным *мока*[7] на барадзе, мужчыны ў *кароўаях* [8] на плячах, некалькі салдат у ваеннай форме, не зразумела, ці з Першай, ці з Другой сусветнай. Раптам каля ўвахода падняўся старэйшына. Стары апіраўся на сваю адпаліраваную *токотоко* [9]. Ён пачаў гаварыць на *це рэо*. Я зразумела толькі прывітанне. Слухаць не атрымоўвалася, і я глядзела на яго, як на відэа без гуку. Я ведала, што больш за палову людзей у *мараі* не разумеюць, што ён гаворыць. Пасля старэйшына пераступіў з нагі на нагу і, памаўчаўшы хвіліну, перайшоў на англійскую мову. Ён доўга дзякаваў нам за тое, што мы прыйшлі падтрымаць Эму, гаварыў пра яе брата-нябожчыка і ўсю іх сям'ю. Я ведала, што нехта з нас павінен падняцца і прамовіць хаця б пару словаў у адказ, хаця б толькі на англійскай мове. І я радавалася, што гэта буду не я, замежніца. Калі з лаўкі паднялася Кора, якая нядаўна вярнулася з пахавання сваёй цёткі, мы ўсе з палёгкай уздыхнулі.

Амаль адразу пасля прамоў падышла Эма і паклікала нас на кухню. У кожным *мараі* ёсць кухня. Гэта асобны будынак з металічнымі стальніцамі, вялікімі ракавінамі і духоўкай. На кухні ўжо нешта гатавалася, на сталах ляжала шмат белага хлеба і булачак для бургераў. Эма прапанавала нам гарбаты і кавы. У чырвонай пушачцы я выбрала бліжэйшы квадратны пакецік чорнай гарбаты і заліла яго кіпнем з электрычнага чайніка. Пачынала балець галава, і я ўсыпала ў белы з маленькімі шэрымі драпінамі кубачак дзве лыжкі цукру. Эма была спакойная, яна зрабіла сабе гарбаты з малаком і чакала, калі тая трохі астыне. А мы сядзелі і, мабыць, думалі, што робім добрую справу, адрываючы Эму ад труны з братам.

— Старэйшына вельмі добра гаварыў, — сказала я, каб хоць нешта сказаць.

Эма азірнулася на мяне і адказала:

— Ён заўсёды добра гаворыць. Мой бацька ледзь угаварыў яго на тое, каб брат ляжаў у *мараі*.

— А чаму яго трэба было ўгаворваць?

— Таму што брат скончыў жыццё самагубствам — і ў *мараі* яму знаходзіцца нельга. Ён згадзіўся толькі на адзін дзень, заўтра хаваць будзем. Цётку з Паўднёвага вострава чакаем, бацькавую сястру, — хоць бы паспела.

— А звычайна колькі дзён нябожчык у *мараі* ляжыць? — мне насамрэч было цікава.

— Дні тры. Пакуль усе прыбудуць. Бывае, што з-за мяжы едуць.

Мы зноў уздыхнулі.

— Я вельмі на маці злая, — раптам сказала Эма.

Мы моўчкі глядзелі на яе, праводзячы пальцамі па сваіх астываючых кубках. Усе ведалі, што маці Эмы была маары, а бацька, новазеландскі еўрапеец з рудымі доўгімі вусамі, разам з траімі дзецьмі з чорнымі смалянымі валасамі і карычневай гладкай скурай, аднойчы ад яе сышоў. Так і гадаваў ён дзяцей сам, вучыў Эму кухарыць, ездзіць на машыне і прыглядаць за двума малодшымі братамі. Мне падабаўся бацька Эмы, таму што ён быў пэўны. Хатні, працавіты, той, што кожны вечар сядаў на канапу з бутэлькай піва і ўключаў рэгбі. Маці Эмы была чужая. Яна часта заходзіла да дачкі на працу, але ніколі не ўсміхалася і з намі не размаўляла. Мне заўсёды хацелася сказаць ёй, што Эмы сёння няма, але кожны раз Эма падыходзіла да маці, выслухоўвала яе і, праводзячы позіркам да дзвярэй, гаварыла: „Лепш бы яна не прыходзіла!"

— Яна нават не паспрабавала пагаварыць са старэйшынам аб тым, каб брата пакінулі ў *мараі* на даўжэй. Усё, як заўжды, на бацьку.

Калі мы развітваліся, было зусім цёмна. Удалечыні яскрава чарнеў акіян, яго колер адрозніваўся ад колеру чорнага неба. Мы па чарзе абнялі Эму і хутка накіраваліся да машыны. Па дарозе дамоў хто-ніхто перыядычна ўздыхаў, а я глядзела ў цемру вакна і думала, што вельмі хачу пабачыць сваіх жывых родных, завітаць на магілы памерлых і вярнуцца сюды, каб ужо тут хаваць тых, з кім я паспела пажыць.

жнівень 2023

[1] Усе (пераклад з мовы маары).
[2] Традыцыйнае прывітанне на мове маары.
Прывітанне ўсім.
Мая гара — Пісьмінь.
Мая рака — канава.
Мой народ — беларусы.
Маё племя — палешукі.
Мой дзядзінец — Радчыцк.
Мой род — Касцюк.
Мой бацька — Міхаіл.
Мая маці — Вера.
Мой брат — Зміцер.
Маё імя — Вольга.
Прывітанне. Прывітанне. Прывітанне ўсім.
[3] Свяшчэннае месца маары, якое выкарыстоўваюць як у рэлігійных, так і ў грамадскіх мэтах; месца для сходак.
[4] Сардэчна запрашаем (пераклад з мовы маары).
[5] Мова, кароткае ад *це рэо маары*, што азначае мова маары (транслітарацыя з мовы маары).
[6] Condolences — спачуванні (англ.).
[7] Традыцыйная татуіроўка маары.
[8] Традыцыйная наплечная накідка маары.
[9] Традыцыйная ў маары палка для хады.

Падзякі

Thank you to my husband, Bryan, for supporting my idea to start writing.

Дзякую маім М. і Б. за тое, што чыталі ўсе мае апавяданні і натхнялі працягваць.

Дзякую ўсім маім каляжанкам, якія былі самымі лепшымі калегамі ў свеце.

Дзякую маім бэта-рыдарам Дашы, Марыне, Жанне, Тані.

Thank you to Lynn Jenner, my sweet friend, who continues to support me on my writing path.

Змест

2020-ы год
у кнігах Skaryna Press

Мінскі дзённік 2020-2021
Юля Цімафеева

Мы вернемся
Калі я выйду на волю
Ганна Комар

Bloodlands 20/22 Belarus/Ukraine
Алесь Плотка

Belarus Knockin' at the Vatican's Door
Хрысьціянская візія

DOM
Сяржук Сыс

Беларусь у XXI стагоддзі:
паміж дыктатурай і дэмакратыяй
Рэд. Алена Карасьцялёва, Ірына Пятрова
і Настасься Кудленка

Няскоранае пакаленне.
Галасы беларускай моладзі 2020-га
Рэд. Алена Карасьцялёва і Віктар Шадурскі

* * *

Набывайце ў добрых кнігарнях і на *skarynapress.com*,
а электронныя кнігі — на Apple Books,
Google Play Books і іншых пляцоўках.

www.ingramcontent.com/pod-product-compliance
Lightning Source LLC
Chambersburg PA
CBHW032026180726
48283CB00008B/2838